フーテンのマハ

原田マハ

集英社文庫

目次

本文イラスト　原田マハ
本文写真　小野祐次

フーテンのマハ

1 奇跡のリンゴと出会う

人生で失くしたら途方に暮れるものは何か？　そんなふうに誰かに訊《き》かれたら、私は迷わず答えるだろう。

それは旅。

旅が好きだ。「移動」が好きなのだ。移動している私は、なんだかとてもなごんでいる。頭も心もからっぽで、心地よい風が吹き抜けていく。

旅する私の移動のルールは、簡単だ。

まず、公共の交通機関を使う。電車でもバスでもフェリーでも、ときには飛行機でも。レンタカーや自転車には乗らない。ぼんやりできないから。タクシーは、場合によっては。地元のおいしい店を探し当てるには、タクシー運転手は主要な情報源になってくれるから。本を読んだり、ガイドブックを広げたり、音楽を聴いたり、おしゃべりをしたりしない。ただひたすらに、ぼんやり、のんびり。車窓に移りゆく風景を眺め、ときに隣の席のおばあちゃんや女子高生の噂《うわさばなし》話に耳をそばだてる。

目的地は、あってないようなものだ。そこへ行こうと決めても、何も調べない。どんなところかも知らず、まっさらな頭とすっぴんの心で訪れる。

それが、旅する私の移動のルール。

なあんて、ちょっとセンチメンタルに始めてみたが、なんのことはない、単純に「移動フェチ」なんです、私。

「旅」と呼べるほどの極端な移動はもちろん、日常的にも移動が好き。近所のスーパーやバス停までの移動も楽しい。ふと気づいたのだが、毎日、家の中でも椅子《いす》やクッションの位置をけっこうまめに移動している。これもフェチゆえの性《さが》かもしれない。

東京郊外に住んでいるのだが、週に一度くらい、都心への「移動」を楽しむ。車中では、本を読んだり居眠りしたりなど絶対にしない。電車やバスの中は、たくさんの人々の日常を垣間見る絶好のチャンス。車両を見渡して人間観察をする。実にさまざまな人がいる。ヘンなおじさんや不倫カップルをみつけるのも得意だ。ちなみに電車内の不倫カップル観察はかなりおもしろい。人目を避け、時間を惜しんで密会するふたりにとって電車はもはや自分たちの部屋。いい歳《とし》をした女性が、「やだぁ〜もっと一緒にいたいんだもんっ！」とか言って、もっといい歳をしたおっさんの耳たぶをぎゅうっと引っ張ってるのを見たこともある。こういう場面に遭遇すると、やっぱ移動って奥深いよなあ……と、つい感慨に耽《ふけ》ってしまう。

私の移動フェチは会社勤めの頃にはすでに露見していた。あるとき後輩の男子に、いきなり「原田さんってマグロっぽいですよね」と言われたことがある。当時、社内きってのファッショニスタ（と自分で言うのもなんだが）だった私は、最新かつ奇抜な服装を好み、「Mビルのイメルダ夫人」とか「ファッションで人を嚇《おど》かす」などと言われたことはあったが、「マグロっぽい」と言われたのは初めてで面食らった。それはこのグッチのスーツの照り加減が黒マグロに似てるのか、それとも真っ赤なブーツが赤身に近いのか、そしてそれはトロじゃないのか……などと考えを巡らせたが、彼いわく「だって止まったら死んじゃうでしょ」とのことだった。そのとき生まれて初めてマグロというのは生きるために泳ぎ続け、移動し続ける種であることを知った。

会社勤めの頃は、出張や営業や打ち合わせなど目的のある移動がほとんどだった。三日にあげず出張し、嬉々《きき》としてあちこち飛び回る私を見て、どうやら周囲の人々はイケてるキャリアウーマンではなくマグロをイメージしていたようである。その数年後、物書きになって、本格的なぶらぶら旅が始まってからは、いっそうマグロに近づいた気がしている。ちなみに、デビュー後、私のペンネームについて「マッハで移動するからですか？」と訊かれたこともある。以来、ペンネームの由来を訊かれればこの一言を用いることにしている。

◆

去年くらいから「フーテンのマハ」を自称するようになった。もちろん由来は『男はつらいよ』の車寅次郎《くるまとらじろう》、フーテンの寅さんだ。小学二年生のとき、その第一作目を父に連れられて映画館で観て以来、寅さんは私の憧《あこが》れである。あてもなくぶらぶらして、いつのまにか地元の人たちとなごみ、狙《ねら》ったわけでもないのに美人が現れる。この展開に小学二年生の時点で憧れたのだから、フーテンとしての素質は天性のものではないかと思ってもいる。

とはいえ、大学生の頃は貧乏で旅行に行けなかったし、会社勤めの頃はそれまでの金欠生活にリベンジするぞとばかりに、旅先では忙しく観光したりショッピングにいそしんだりした。そういうことをしない旅、何も決めずに出かける旅、地元の人々と会話を楽しむ旅ができるようになったのは、ごく最近のことだ。気がつけばシリーズ何作目かの寅さんの年齢にとっくに達していた。

あまりにも東京を不在にすることが多く、編集者も知人も連絡をしてくるときは「いまどこにいるんですか」が枕詞《まくらことば》のようになっていた。「自宅ですよ」と答えたら「どうしてですか」と言われたこともある。なんで自宅にいるんだ？　と訊かれるようになって、これは本格的に「フーテン」を名乗るときがきたようだと悟ったのである。

さてフーテンの旅はまったく不定期に、突発的に始まる。したがって誰にも予定を知らせることもなく、いつのまにか出かけていつのまにか帰ってくる。わが夫ですら、壁に掛けてあるカレンダーに「この間、旅行」とマジックでなぐり書きしてあるのを見て、私がまもなく出かけることを知る次第。ひとりで出かけることも多いが、旅の道連れがいることもしばしば。私が「ロードマネージャー」と呼んでいる旅仲間、御八屋千鈴《おはちやちりん》（注・旅人ネーム。本名ではありません）については、いずれ誌面を割きたいと思っている。

そして、ぜひともフーテン旅についていきたい！　とけなげにも申し出てくれた女子が二名。編集者のIさんとWさんである。旅先で出会うまでもなく麗しきマドンナが同行してくれるとは。寅さんだったらどういうリアクションをするだろうか（私の場合は、とりあえず旅の七つ道具のひとつ【フーマハ公式小型バッグ】をプレゼントして歓迎した）。

◆

フーテンの旅が始まる引き金はさまざまにある。確たる目的はない旅ではあっても、訪れてみたい理由はなんとなくいつもある。あるときは「祭り」だ

ったり、あるときは「花」だったり。またあるときは「乗ってみたいローカル線」だったり。「観てみたい絵」というのもよくある。かつては仕事で世界各国・日本全国津々浦々の美術館へ出かけていった。よって、どの美術館にどんな収蔵品があるかはよくわかっている。好きな作品を観に地方を訪れるときなどは、旧知の友人に会いにいくようでわくわくするものだ。

そしてもっとも頻度の高い引き金となるのは、「ご当地グルメ」である。

今回の連載を始めるにあたって、まずはどこでもいいから取材にいくことになったのだが（取材なのに「どこでもいい」ということ自体がこの連載の本質を物語っている）、非フーテンの同行女子二名は出張先を（とりあえずどこでもいいから）編集長に報告しなければならないこともあって、漠然と「東北」というデスティネーションが持ち上がった。ちょうど四月末だったので、弘前《ひろさき》や角館《かくのだて》の桜が見事なはずだと思ったのだ。私は過去二回、同じ頃に弘前城を訪ねて満開の桜を見損ねている。天気やらスケジュールやら宿に空室があることやら、すべてを満開の桜にドンピシャに合わせることがいかに難しいかはすでに実証済みだ。それにあらためて挑戦してみよう、と決意したのは、Iさんがいきなり魅力的なオファーをしてきたからだった。「弘前キュイジーヌ」とかいって、最近かの地には評判のいいフレンチレストランがあるらしい。食いしんぼうのわりには旅先での食事は行き当たりばったりで、店先ののれんのヨレ具合がいいとかでランチ場所を決める私にとって、Iさんの提案は神の声じみて聞こえた。なにしろ「あの木村秋則《きむらあきのり》さんが作ったリンゴのスープが飲めるらしいんです」とフーテン旅先調査結果を報告してくれたのだから。

木村秋則さんといえば、NHK「プロフェッショナル仕事の流儀」に登場して時の人となったリンゴ農家である。不可能と言われた完全無農薬のリンゴ栽培に成功し、そのリンゴは甘露のごとき味だとか。これはぜひとも行って、どんな味なのか確かめたいではないか。と、実にあっさりと目的地は決定された（そして桜が満開かどうかについては不問となった）。

◆

さあ、記念すべき「フーテンのマハ」第一回目デスティネーション、弘前の「レストラン山崎」へやってきた。ってすでに弘前城はすっかり忘れられてますね。とにかく木村さんのリンゴ。それさえ食べられればいい。旅の趣旨が多少変わってきちゃってるけど、まあいいや。

「レストラン山崎」は東京都心にあるスカしたフレンチレストランとは趣を異にして、地元のちょっとおしゃれなおばさんたちが集うティーサロンの雰囲気。しかし決して狭くはない店内は見事に満席。メニューを広げると「木村秋則さんのリンゴの冷製スープ」「木村秋則さんのリンゴのコンポート」と木村さんの名前を連呼。しかしこっちもそれが目的できたのだから、当然木村シリーズでコースの三品を決定。「待ち遠しいですね～」と、うまいものに巡り合うと忘我するらしいIさん。彼女はルックスもしゃべり方もキャラもすべてが弁天系なのだが、食べることに向かい合うとき、体内に眠っていたおっさんが覚醒する——という「親父内蔵型」美女である（ということをこの旅の最中に知ることになる）。私たちは最初に運ばれてきたスープをひと口飲んで、

「…………………」

絶句した。人間、ほんとうにうまいものに行き当たったとき、絶句するものだ。さわやかなリンゴの酸味と甘味がクリームの中で混じり合い、舌の上でとろっ。私たちは言葉を発することなく、木村さんのスープを血に肉に骨にさせていただいた。そして木村さんのリンゴジャムと木村さんのリンゴのかりんとうをきっちりと買った。

あ、そういえば桜も咲いていた。満開でしたよ、思いっきり。

2　青森、あっつあつの焼きそば

唐突ではあるが、かねてから私を悩ませ続けていたある疑問を、ここで問いかけてみたい。

「猫舌」の反意語ってなんだろうか？

まさか「犬舌」じゃないでしょ？　かと言って「ネズミ舌」でもないし。『広辞苑』をひもとくと、「(猫は熱い食物をきらうからいう) 熱い物を飲み食いすることのできないこと。また、そういう人」とある。私の知り合いにも「ボク猫舌なのでフーフーしてからじゃないとコーヒーが飲めません〜」という男子（三十歳）がいるが、私はまったくその逆、いわゆる「逆猫舌」日本代表であると自称している。あっつあつの食物をどれほど好むか、を誰かに伝えるときに、「私、猫舌なんです!!」と言うに代わるズバリ一言が欲しい！　と思い続けて幾星霜。それゆえに冒頭の疑問、「猫舌」の反意語が知りたかったのである。

フーテン旅の最中に、いままで何度も「逆猫舌」であることを訴えたい場面に遭遇した。最たるものは、ホテルの朝食会場で遭遇する「コーヒーのおかわりいかがですか？」攻撃である。

ちょっとサービスのいいホテルの朝食会場では、コーヒー係のお兄さんお姉さんが、愛想を振りまきながら、コーヒーポットを片手に「コーヒーのおかわりおつぎしますか?」とテーブルへやってくる。私はこの「カップに半分冷めたコーヒーが残ったところにつぎ足されるコーヒー」というのが、世界三大嫌いなもののひとつなのである。なのでいつも「ありがとう、結構です」とにこやかにお断りしている。が、バイキングのおかずを取りに行っているあいだに、ぬるいコーヒーでカップが満たされているときはほとんど怒りを通り越して絶望を感じる。できることなら、席を立つ際に「おかわり御免」と書いてあるプレートでコーヒーカップにふたをしていきたい……とつくづく思う。

焼き肉もそうだ。当然、あっつあつがよい。ぬるい焼き肉など想像するのも悲しいくらいだが、読者諸氏のまわりにもひとりやふたり存在しているはずだ。そう、世に言う「焼き肉奉行」が。この焼き肉奉行にかかるや、いかなる高級肉もピーマンもネギも、あっというまに焼き上がり、あっというまにテーブルを囲む各人の皿に分配される。飲んで歓談しているあいだに、浜辺に打ち上げられた流木のごとく、無残にタレの中に横たわる冷めて硬くなったカルビやロースに遭遇したことはないだろうか。自分のペースで食べるからほっといてくれよ！　と言いたくても、ぐっと耐えるしかないのが逆猫舌のつらい（気の弱い）ところ。

この「冷めた焼き肉が嫌い」という自分の嗜好《しこう》を逆手にとって、最近、旅先で発明したのが、「オール焼き肉化」という作戦である。ほら、旅館などに泊まると、夕食時に出てくるでしょう？　あっつあつに熱した石とか、小さな鉄板。そこに飛騨牛とか山形《やまがた》牛とかを載せてじゅ〜っと焼き、いただく。私の場合は、そこに肉ばかりではなく、冷めたてんぷらや突き出しのカマボコなどをのっけて、あっつあつにしてから食べる。ときどき刺身ものっけてみる。たちまちあっつあつのツナステーキに……ってだいぶ趣旨が違う食べ物になってる気がしますが。ちなみに毎度固形燃料付きで登場する小鍋も、料理総あっつあつ化に協力してくれるたのもしいアイテムである。

　ということで旅先においてはよりいっそうあっつあつの食べ物に固執する私だが、ついに我が鉄板のごとき舌を巻かせた食べ物に遭遇した（いま思いついたけど、猫舌の反意語で『鉄舌』ってのはどうか？）。それは何あろう、青森《あおもり》・黒石《くろいし》名物「つゆ焼

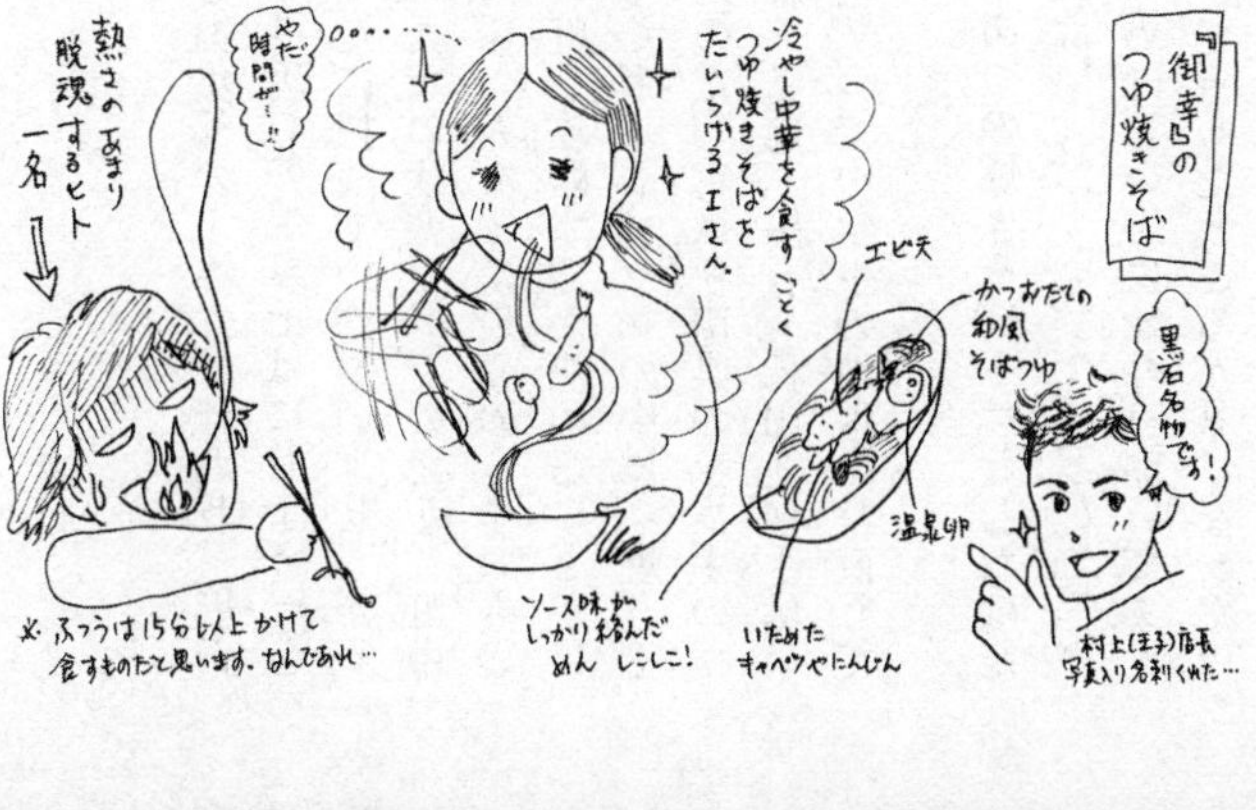

きそば」である。

◆

さて、前項で、親父内蔵型弁天様と私に呼ばれている編集部のIさんに伴われ、弘前のフランス料理を堪能した。その最中から、「晩ごはんは黒石の焼きそばにしよう」と決めていた。私はどこに行くにもガイドブックなどめったに持っていかない。したがって地図もその土地の名勝もまったく頭に入っていない「素」の状態でいくのだが、町中へ向かうタクシーの運転手さんや、駅員さん、駅の案内係の人などに地元のうまいものやおもしろいところを訊いて、そこからどうやってその町を攻略するか決めることがほとんどだ。今回は、市内に向かう道々、Iさんが持参したガイドブックの中に「焼きそばのまち・黒石」をみつけて「ここだ！」と思い立ったのだ。実は秋田《あきた》県の「横手のやきそば」と完全に混同していたのだが、私の中では青森＝弘前＝黒石＝秋田＝横手は半径二キロ以内くらいのイメージで完全に同一化していた。って中学生の地理やり直してこい。

とにかく、「東北と言えばうまい焼きそば！　あっつあつの焼きそば！」とじたばたする私のわがままを弁天様のごとく慈愛に満ちた心で受け入れてくれたIさんは、「じゃあ、おやつは焼きそばにしましょうね」と、さっそくめぼしい店に「今日開いてますか？」と確認の電話を始めた。私としては「おやつ」って言ったところが気になったけど、その日の移動スケジュールでは電車の都合上、夜七時までに大館《おおだて》というところまで行かねばならず、黒石に立ち寄れるとすれば午後四時から五時のあいだと判明したのだ。確かにその時間に食べるとなるとおやつとしか言えまい……じゃなくて、滞在時間一時間しかないの!?

恐るべきことに、黒石での滞在時間は、弘前からの電車を降りて再び弘前行きの電車に乗るまで、きっかり一時間しかなかった。そしてめぼしい焼きそば店にたどりつくまで片道徒歩十五分、往復三十分。つまり店での滞在時間三十分。入店して席に着き、注文してから焼きそばが出てくるまで十分。十分で食して、十分でお茶飲んでトイレ行って勘定済ませて、それで合計六十分。これはものすごく急がねばならない。けれどやってできなくもない。ということで私たちは、黒石焼きそば城陥落六十分一本勝負に打って出た。まあ店で三十分あれば余裕でしょ、なんせこっちは鉄舌の持ち主、あっつあつの早食いなんてチョロいもんよ……とたかをくくっていた。

ところが、である。

黒石駅に到着した私たちは、それっとばかりにお目当ての店めがけて競歩した。とにかく四時二十分までには着きたい。そうでないとあとが苦しくなる。ほぼ無言で私たちは突進した。ところが、「今日は開いてますよ〜」と、さっきIさんの問い合わせ電話に快く答えてくれたはずの店の暖簾《のれん》はすでに下がっていた。

「おかしいですね。もう一度電話してみます」と携帯で電話するIさん。すると、店の中から、ジリリリ〜ン、ジリリリ〜ンと空しく響く電話のベルが（たぶん黒電話）。

どうしよう……。

Iさんと私は、七曲署の殿下とゴリさんのように血走った目を合わせた。刻一刻と時間は過ぎる。今そこにある危機。次に我々が為すべきことは……。と、その瞬間。一台の白いワゴンが私たちの真横で停まった。音もなくウインドーが開き、見知らぬ男性が顔を覗《のぞ》かせて言った。

「焼きそばの店、お探しですか？」

むむっ。アラサーくらいの、さわやかな、なかなかのイケメン。「はあ」と気の抜けた声で返事をすると、

「じゃあ、『御幸《みゆき》』という店がうまいですよ。そこ曲がって、まっすぐいって、右」

イケメンはそう言い残すと、風のように去ってしまった。

こ、これは……神の使いか!?

是非もない。再び、それっとばかりに突進した。そして、立派な店構えの「御幸」に飛びこんだ。そのとき、すでに四時三十分。タクシーで駅まで五分としても、あと二十分ほどしかない。Iさんは、ついに「注文してもいないのに先に支払いを済ませる」という荒技に出た。

「私さきにお支払いして、タクシー呼んできますっ。マハさん、名物の焼きそばを注文してくださいっ！」

「了解っ！」

一糸乱れぬ連携プレーで、名物「つゆやきそば」を注文。実はこの時点で、つゆ焼きそばがなんたるかをよく吟味しなかったのだが、とにかく名物なんだから注文。早くこい早くこい早くこい〜っ！　とそわそわしていると、「すぐにわかりましたか？」と声をかけながら通り過ぎる、見覚えのあるさわやかな笑顔が。あれ？　この人、さっきのイケメン君じゃないか？

なんとその人は「御幸」の店長、村上陽心《むらかみあききよ》さんだった。ってビックリしてる時間もない！　私は最大限に焦りつつ、「じ、時間がっ！　時間がないんですぅ〜！」と絶叫。村上さんは「何っ⁉」と厨房へ飛んでいき、「早く出して！」と緊急要請。わずか五分でつゆ焼きそばが到着した。

ああ、そして……そして念願の黒石の焼きそばは……あ、あ、熱っ！　熱いのなんのってアンタ！　三国一を誇る私の鉄舌をも痺《しび》れさせる熱さである。あっつあつの揚げたてんぷらととろ〜り半熟たまごがのっかった豪華けんらんな焼きそばが、かつおの香りも豊かなスープの中にこんもりと。こんな焼きそば見たことないのに、出発まであと五分。味わうことも許されない。こりゃ拷問だ。

何がすごかったって、Iさんの豹変《ひょうへん》ぶりだ。フランス料理屋では「私、食べるのゆっくりだから～」と言ってたくせに、Iさんの食べっぷりは鬼神が宿ったかのごとくであった。「私、熱いのぜんっぜん平気なんですよ！」と瞬時にして麺《めん》を煮え湯のごときスープとともに飲みこんでいく。いやちょっと、それ、冷やし中華じゃないんですから……。もしかしてIさん、電磁波舌の持ち主なのか!?

結局Iさんは完食、私は力及ばずちょこっと残して、さあっ！　とばかりに店を飛び出す。するとまたもや目の前に白いワゴンがススッ。村上さんが運転席で叫ぶ。

「乗ってください！　お送りします！」

ああ……村上さん。あなたはまるで白馬に乗った王子様……。ということで、無事、帰りの電車に間に合ったのでした。

食べてるときは味わえなかったけれど、あとからよくよく思い出すと、つゆ焼きそばはものすごくうまかった。そして文句なしに熱かった。

「これからつゆ焼きそばは全国に知られるようになると思いますよ、きっと」

なおもさわやかに、つゆ焼きそばの発案者・村上さんは運転しつつ語っていた。いや、ごもっとも。その熱い思い、痺れるほど伝わりました。私たちの舌に。

3　岐阜の須恵器

旅先で、スエキを買った。

などと書いても、なんのことやらさっぱりわかっていただけないだろう。スエキとは、土器・土師器《はじき》・須恵器の須恵器である。かなりユニークな、というか、ヘンな買い物をした気がする。旅先で食器乾燥機を買ったとか、シューマイの蒸し器を買ったとか、そういうレベルの買い物ではない（それもヘンだけど）。その証拠に、旅先から帰宅して、夫に「スエキを買ったよ」と言ったら、「またそんなものを……」と嘆息された。新手のスチーム美顔器でも買ったのだろう、と思われたわけである。

私は旅先で、この手の「ヘンな買い物」をしょっちゅうやらかす。往々にして、生活にも人生にも実質的にほとんど役に立たないものを、せっせと買いこんできては夫を絶句させるのである。

ちなみに須恵器というのは、『広辞苑』によれば「古墳時代後期から奈良・平安時代に行われた、大陸系技術による素焼きの土器。……あな窯《がま》を使い高温の還元炎で焼くため暗青色を呈するのが一般。食器や貯蔵用の壺《つぼ》・甕《かめ》が多く、祭器もある」とある。ほほう、なるほど。そうだったのか。っていまごろ知った次第である。買ったときはこれがいったい何であるかもまったく知らなかったが、どこかで聞いたことのあるミステリアスな品名と、微妙に手の届く値段（三万円台）だったので、即決購入したのだった。まあ、ひと言で言ってしまうと、ものすごく古い壺。小ぶりのサッカーボールくらいの大きさで、ころんと丸く、口の部分がところどころぱきんと割れている。そこがまた、よい。左右対称の均衡が意図なく乱れて風情がある。やや青みがかった灰褐色の陶肌がざらざらしていて美しい。洗練はないが、古代の野性的な味わいに満ちている。

　などと書き連ねればいっぱしの骨董《こっとう》通かと誤解されるやもしれないが、まったくそんなことはない。骨董的なものへの憧れは常々あるが、たいがい、旅先で目がくらみ、ヘンな買い物に走った結果、なんで買ったのかよくわからないような珍品がいつしか我が家をじわじわと占拠していく、というありさまなのだ。

　私はいったん旅に出ると三日から二週間は帰宅しないのだが、その間にあちこちでお買い上げした商品の箱を留守宅にこれでもかとばかりに送りつける。これを黙って受け止めてくれる夫は、実に懐が深い。結婚して二十年、私と真逆にほとんどどこへも出かけない暮らしを続けている彼は、私が出かけた＝ヘンな買い物の成果がいっぱい家に送られてくる、と悟っている。帰宅した私は嬉々として箱を開け夫に成果を見せびらかすのだが、「またそんなものを……」とあきらめに満ちたリアクションこそすれ、「もうやめろ」と言われたことはない。夫の理解に支えられ、旅と買い物を続けられるわが身の幸福……。いや、ちょっと待て。単にあきれられてるだけか？

◆

旅に出ると、いつも思うことがある。

旅先では、人間の脳内に「ヘンなモノ買ったるぞ物質」なる刺激物質がどーんと流れて、それってうちの近所で売ってたら目にも留めないでしょ!? 的な不可解なものを買ってしまうようにできているのではないか。それは一種の生理的現象で、人としての冷静な判断はたちまち奪われてしまう。この物質は、特に女性の脳内に多く流れると言われている。って誰が言ったんだ。あ、私か。

読者諸氏も、おそらく旅先で体験したことが一度や二度、あるだろう。帰宅して荷物を広げたとたん、「なんでこんなもの買ったんだろう……」と謎《なぞ》を呼ぶ買い物。たとえば、意味不明なメッセージが掲げてあるTシャツ（「飼い犬」とか「彼女募集中!!」）、ゆるキャラ（「沖縄のセクシーサー」とか「北海道のまりもっこり」）、珍味（トド肉のカレーとかさんまアイス）。ちなみに私は、ここに挙げたすべてをチェックしつつもかろうじて買ったことはない。

旅先でよく見かける「こんなモノ買う人いるんだろうか……」と思うもののひとつに、「いつ着るのか想定不能な洋服」というものがある。それは往々にして鎌倉とか軽井沢とか蓼科《たてしな》とか、首都圏からそう遠くないリゾートホテルや観光地の売店で売られている。

それらの服は、たいがいヒョウ柄やバラの模様がごっそりとあしらわれたセーターやブラウスやワンピースで、ものすごい量のフリルやスパンコールがギラッギラに付いている。でもってけっこうなお値段も付いている。私はいままでこの手の洋服が売られているのにたびたび遭遇したが、それを誰かが買っている場面に出くわしたことはない。それでも全国的に売られている、ということは、全国的にマーケットが成立している、ということになる。これもやはり、例の物質が全国のオカンの脳内に充満する瞬間を狙って網を張っている、ということなのだろうか。

私秘蔵の「やってしまったヘンな買い物目録」は一般公開をはばかられるほどの内容なのだが、ここでその一部を恥を忍んで公開してみたい。

乾電池――ニューヨークの地下鉄に乗っているとき、中国系のおじさんが売りにきた。一パック六個で一ドルという。安いじゃないか！　と五パック買い求め、スーツケースを微妙に重くして帰国。使おうとしたところ、全部使用済みの電池だった。

生ベーグル――これは定番で、ニューヨークへ行くたび、帰国の日に大量に買いこむ。手荷物で持ち帰るのだが、オニオンベーグルが異臭を放ち、税関で開けさせられること三回。プラダのボストンバッグを開けると大量のベーグルが出てくる。税関の職員は毎度仰天。

太鼓――ケニアにて言い値（五十米ドル）で買ってしまった。よく見ると乳牛の革が貼り付けてある巨大な灯油缶だった。
クリスマスツリー——カンザス州の田舎の花屋で発見。フェイクのモミの木にオーナメントがぶら下がったツリーが特売で二十九ドルぽっきり。飛行機乗り換えが何度もある旅だったが、胸にしっかと抱き（五十センチくらいの高さで大きな箱に入っていた）、CAに「カウンターで預けろ」と文句を言われつつも根性で機内持ち込み。
犬の手押し車——幼児が乗って遊ぶぬいぐるみの手押し車をロンドンの蚤《のみ》の市で入手。大きすぎて機内持ち込みにできず預けたところ、成田空港にてターンテーブルに載せられ真っ先に登場。女子たちが「かわいいーっ！」と歓声を上げたのでなんだか満足。
ロッキングチェア——私の「ヘン買い」歴の中で最大のもの。松本に行ったとき、敬愛するイギリス人アーティスト、バーナード・リーチがデザイン監修したロッキングチェアを松本民芸家具ショールームでみつけ、どうしても欲しくなって買ってしまった。カードを切った直後に「東京店でも売っております」と聞かされた。早く言ってくれ。
こうして列挙してみると、「ヘン買い」とは「何も旅先でそんなものを買わなくても……」という、必然性のないものを集めてしまう行為なのがイタいほどよくわかる。

◆

さてここで話を須恵器に戻す。
私の場合、旅先で偶然ヘンな買い物をやらかしてしまうことはしばしばだが、ヘンじゃない買い物をするためにわざわざ旅に出ることもある。今回も、旅に出る予定はなかったのだが、とある店を訪ねたくて唐突に出かけてしまった。岐阜《ぎふ》県多治見《たじみ》市にある「ギャルリももぐさ」である。

生活雑貨店と工芸ギャラリーとカフェの複合ショップであるこの店は、陶芸が盛んな多治見の郊外、移築された古民家で営業されている。主宰するのは陶芸家の安藤雅信《あんどうまさのぶ》さんで、いまや追っかけマダムがいるほどの現代陶芸界の人気作家だ。

最初に「ももぐさ」を訪ねたのは一年ちょっとまえだったが、そのときは「岐阜は多治見の山奥に、それはそれはイケてる古民家ギャラリーがあるそうな……」と日本昔ばなしかと思うような噂を聞きつけ、民芸好きの私は、すわっとばかりに駆けつけたのである。そこで出会ったのが安藤さんの器だった。

オランダ陶器に触発されて生まれたという安藤作品は、ちょっと歪《ゆが》んだフォルムにあたたかみのある陶肌と渋い色合いがこそばゆいほど良い。気がつくと安藤作品のみならず、ものすごい大量のモノを購入してしまっていた。

後日、自宅に届いた特大の段ボールが二箱。そこから出てきた大量の安藤作品と大量の座ブトンを発見して、夫がどれだけ驚いたことか。「お前は岐阜県まで座ブトンを買いに行ってきたのか……」とさすがにあきれ果てていた。だってシブいベージュの麻のカバー付き、ちょっと横長の小さめサイズ……こんなにおしゃれな座ブトン、なかなか

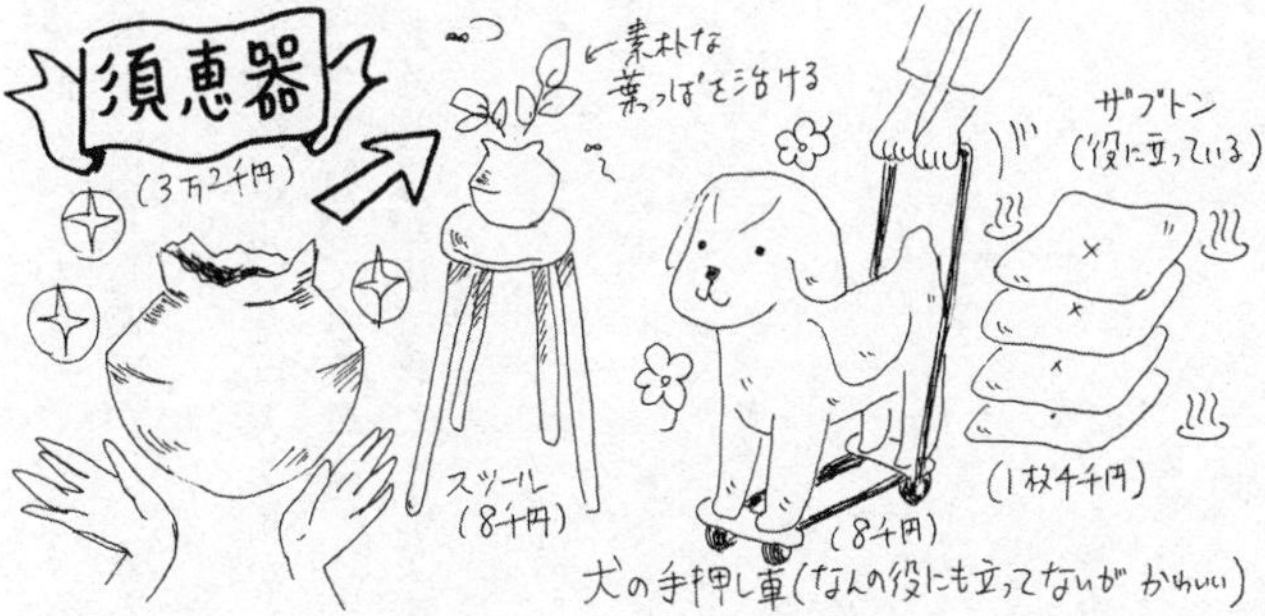

出会えないよ！　と反論したが、座ブトンなんかに出会わなくたっていい！　ってことのようです、はい。

まあとにかく、それから「ももぐさ」の展示のおしらせをいただくようになったのだが、「古今東西暮らしの道具展」なる骨董の展覧会を開催する、と知って、「どうも気になる……」と締め切りをうっちゃって出かけてしまった。最近、私がハマっているモノに「道具」がある。ザルとか大根おろし金とか菜箸《さいばし》とか、そういうものに少なくないお金を払う、という道楽をみつけたのだ。「ももぐさ」に行けば、確実にうるわしい道具に出会えるはずだ！　と新幹線とローカル線とバスを乗り継ぎ、多治見まで。その時点では、ヘンじゃない買い物をしに行くつもりだったわけだが。

そこで出会ったのが、ザルでも菜箸でもない「須恵器」であった。それから、ぼろぼろに朽ちた木のスツール。いろんな角度からうむうむ、ふむふむと眺め、おおこれは風情がある、このスツールの上にこの須恵器を置いたらかなりいいッ！　とひとり納得して購入し、自宅へ送った。手ぶらで帰りの電車に乗り込んでから、うるわしの道具は何ひとつ買わなかったことに気がついたけど、ま、いいか。

二日後に届いた巨大な箱から出てきた須恵器とスツールを眺めて、「これを買いに岐阜県まで行ってきたのか……」と、夫が嘆息したのは言うまでもない。須恵器の代わりにおろし金が出てきたとしても、きっと同じことを言われただろうけど。

4　東京のプロポーズシート

「フーテンのマハ」と称して日本全国津々浦々を旅している私だが、実はこれは車輪の片一方である。私という旅人の軽トラック（というかリヤカー）にはもうひとつの車輪があり、この両輪でもって「旅旅旅旅旅……」の人生は回っている。そのもうひとつの強力なホイールとは、その名も「ぼよグル（正式名称＝ぼよよんグルメ）」である。

この「ぼよグル」に関しては、私の周辺では知らない人はいないくらい、かなりまえから浸透している。「あれ？　なんか原田さんいないよ？」と誰かが気づくと、「ぼよグルに行ってるんじゃないの？」と勝手に推測されてしまう始末。私が行方不明＝ぼよグル中、との図式が成立するほどなのである。このさき本書で旅の珍事のあれこれを書こうとすると、どうしてもぼよグル関連の出来事を書かざるを得なくなってくる。そこで早めに紹介しておくことにする。

旅する人生のきっかけをもたらしてくれた、このぼよグルの道行きは二名。私と、大学時代の同窓生、御八屋千鈴。すでに大学一年生の頃から呼ばれていたこのけったいな芸名には諸説あったはずなのだが、いったい何がどうなってこのニックネームにいきついたのかもはやはっきりしない。「おはっつぁん」「八」「ちりんはん」などと私に呼び親しまれている。人が聞いたら謎の芸人だと思うかもしれないが、彼女は某大手証券会社の関西方面支社に勤めるれっきとしたＯＬ。大学卒業以来勤続二十五年の超ベテランである。ひとり暮らし歴も二十五年になる。超ベテランおひとりさまでもある。

振り返ってみると、私は人間的にも職業的にも、この「ぼよグル」によって育てられた。ひょっとすると、この旧知の女友だちとの旅がなかったら、物書きになっていなかったかもしれない。

◆

「ぼよグル」は四十歳になった年に唐突に始まった。直接的なきっかけは私が独立（といえば格好がいいが、かなり失業に近い）したことにある。

長らくアートに関わる仕事をしていたが、四十歳になる直前で、「人生でほんとうにやりたいことは何か？」と考えに考え抜いて、それまで勤めていた会社をすっぱりと退職した。べつだん起業するつもりもなく、物書きになろうとそのときに決意したわけでもなかった。しかし「とにかく四十代のうちにやりたいことをやりたいようにやりたい人とやる。やるっつったらやる！」と啖呵《たんか》を切ってしまった。それなりの企業でそれなりの役職に就いていてそれなりの年収もあった。都心に美術館をオープンする、という大きなプロジェクトの中心になってがむしゃらに働いていた。好きな仕事だったし、やりがいもあった。それなのに辞めてしまったのだ。

これはこれでいい、けれど何かが違う。一生を賭《か》けて成し遂げる仕事ではない、という思いが常につきまとい、これでいいのか？　他に何かやるべきことがあるんじゃないのか？　と問いかける声がどこかから聞こえていた。最後には、その声に忠実に動いてしまったのだった。

辞めてしまってたしかにすっきりはした。けれど、同時に大きな穴が心にぽっかりと空いた。大企業の課長職の肩書きと、その肩書きに吸い寄せられて集まっていた多くの仕事仲間が一瞬にして消えた。ハローワークと近所のスーパー以外に行くところを失った私。あり余った時間が真綿で首を絞めるようにひたひたと迫り寄ってくる。すべて納得ずくで退職したはずだったのに、真っ白なスケジュール帳を見るたびに（ほんとに辞めてよかったんだろうか？）と苦しめられていた。

そんなとき、一通のメールが携帯に届いた。「東京に遊びに行きます。一緒にどこか行かへん？」。ケロリと明るいメール。その送り主が、ひさしぶりに連絡をしてきた御八屋千鈴だった。

いまでは普通に交わされている携帯メールだが、二〇〇二年頃それはまだまだぎこちないものだった。私の携帯電話は分厚くて二つ折にならず、カラオケのマイクを一回り小さくしたようなサイズだった。携帯メールが届くということ自体が私にとっては珍しいことだったと思う。ヒマを持て余していたところに、三年ほど音信不通だった旧友からメールが届いたので、当然すぐに飛びついた。

かくして千鈴が東京へやってきた。最初はどこへ行ったらいいかわからず、東京観光の王道で東京ディズニーシー（四十歳にして千鈴も私も初訪問）やお台場《だいば》などへおずおずと出かけていった。自分から望んで退職したくせに、突然社会に背を向けられてしまったと感じていた私には、それでもじゅうぶんに楽しかった。

ひさしぶりに会ったにもかかわらず、私たちはお互いに気をつかわず、ごく自然にバカ話をして笑い転げることができた。千鈴にとって私は大企業の肩書きを失った人間ではなく、気心の知れた古い友人。それ以上でもそれ以下でもなかった。それが何よりしみじみとうれしかった。肩書きを失ったとたん、波が引くように私の周囲からさあっといなくなった「仲間だと思っていた人」がどれほど多かったか、そのときあらためて気がついた。

友が私をひさびさに訪ねてくれたのは、忘れもしない、私の四十歳の誕生日だった。合わせたわけではなくたまたまそうだったのだが、私たちはディズニーシーへ行くまえにパークハイアット東京の最上階にある「ニューヨークグリル」でランチをした。ふたりが通された席は、「この席でプロポーズをすれば必ずうまくいく」と都市伝説が囁《ささや》かれていた通称「プロポーズシート」。東京都心をはるか遠くまで見渡せるすばらしい眺望の席だった。

いまはそうでもなくなったのだが、その頃ど真ん中アラフォーだった千鈴は「大阪《おおさか》になくて東京にある流行《はや》りモノ」に興味津々だった。だから「あの店のあの席でランチしたいねん！」とのリクエストがあって予約をした。いま考えると高級レストランのプロポーズシートにいい歳をした女ふたりというのはなんとも面映《おもは》ゆい絵だが、一方でそういうこともさらっとやってしまえるのがアラフォー女ふたり組の強さだとも思う。

実際、天下を取ったかのごとき場所でのランチは気分がよかった。会社を辞めてほぼ半年ものあいだくさくさしていたのが一気に解消される思いがした。二十年近く会社勤めをしていたあいだ、ずっと会社の同僚が誕生日前後には「バースデーランチ」をしてくれていた。その年、私の誕生日をちゃんと覚えていて祝ってくれたのは家族のほかには千鈴だけだった。結局、友は「バースデーランチやし」と安くないランチの会計を持ってくれた。そして言ったのだった。こんなふうにたまにはふたりで出かけるのもええもんやな、と。

そうだ。あれから私たちは、四季折々、日本全国へ出かけるようになったのだった。最初は伊豆《いず》・箱根《はこね》あたりへぶらぶらと。それから桜を追って東北へ、紅葉の京都《きょうと》へ、初夏の四国へ、夏の九州、北海道へ、冬の温泉地へ。地元のおいしいものを食べ、美しい風景に歓声を上げ、ローカルな電車とバスを乗り継いで窯巡りをし、民芸品を買い漁《あさ》り、宿に着いたらひたすらゆっくりぼよよ～んとする旅。いつの頃からか、どちらからともなく「ぼよよんグルメ旅」と言うようになっていた。

そうこうするうちに、アートプランニングや企業のブランディングの仕事がぽつぽつと入ってくるようになった。旅を定期的にするようになった私は、それをひとつの節目にがんばるようになった。

「次のぼよグルまで」という新しい生活のスケールを持つようになって、私は大いに励まされた。そして、それから経験したいくつもの旅があまりにも楽しく忘れがたいものだったので、次第に自分が見た風景、出会った人々やものごとを形にして残したい、文章に表してみたい、と思いを重ねるようになったのだった。

そう考えてみると、あのとき千鈴が「旅に出よう」という趣旨のメールを送ってくれなかったら、いまこうして旅にまつわる文章を書く身にはなっていなかったかもしれない。そんなことはまったく意図せずに旅に誘い出してくれた友の思いつきに、いま、つくづく感謝したくなる。

◆

そんなわけで千鈴との旅はいまや年に四、五回行われるようになり、すっかり私の生活の一部と化した。本書の十五ページに披露した「旅の七つ道具」などはぼよグルをやっているうちに自然と形成されたものだ。ほかにもこの旅になくてはならない「ぼよのしきたり」があるので以下に紹介する。

ぼよスケ――旅が始まる一週間ほどまえになると、千鈴が近所のコンビニからファックスで送ってくる簡単な日程表。手書きで「ぼよグル・in山陰～活カニ・但馬《たじま》牛・窯めぐり鳥取《とっとり》から城崎《きのさき》へ♨三昧《ざんまい》～」などとタイトルおよびキャッチコピーが書いてある。そして大まかに行きたいグルメスポット、民芸店、窯元の名前などが列挙してあるというシロモノ。これがないとぼよグルが始まらない最重要書類。

ぼよ着――宿に着くやいなや着替える究極のくつろぎウェア兼ユニフォーム。Tシャツかトレーナーにゆるゆるのボトム（ウエストはゴムかヒモ）。もともとボーダー好きだった私がボーダー柄のボトムを某格安ショップで購入し、千鈴も「それええな」と同じものを買った。以来、上か下に必ずボーダーを入れるようになった。一度、上下・パーカー・靴下まで全部ボーダーで登場したら「楳図《うめず》かずお」と言われた。

ぼよサミット――旅最終日の夕食後に宿の部屋にて

行われる2トップによる最重要会議。「次回の目的地をどのエリアにするか」「次回食べたいものは何か」「次回どの湯に入りたいか」などを中心に協議される。我らが観光することにより日本の地方都市が活性化される（たぶん）のだから気が抜けない。にもかかわらず「ま、だいたい九州方面で……」といい加減な結論に終わることもしばしば。それを各自持ち帰り、仕事が忙しくなってきて現実逃避したくなったほうが「○○温泉に行きたい！」と携帯メールでリーチをかけ、あっさり決定される。

それにしてもいつまでこの女ふたり旅は続くのだろう。日本全国にうまいものあり、名湯あり、美しくなつかしい風景がある限り、まだまだ終わりそうにない。少なくともふたりの足腰が丈夫な限りは。

千鈴'S　EYE

こんにちは、突然ですが、御八屋千鈴です。

マハさんとは大学以来の友人で、知り合ってかれこれ三十年はゆうに過ぎています。自由業の作家と会社員と立場は違うのですが、旅行となると関東、関西とお互い住んでいるところから時間をやりくりして集合場所に現れるのです。大体、

ふたりとも前日まで仕事にエネルギーを費やしているので、それはもう必死に。ゆえに旅行中はひたすらぼんやりすることに重きを置いています。付き合いも長くなるとお互いに考えていることは筒抜けであるので気を遣わないことこのうえなし。

また、興味のあることも重なっている。特に温泉と各地の陶器巡りは必須。最初は佐賀の有田・伊万里陶器市、大分の小鹿田《おんた》焼。そして天草の寿芳窯までよく足を延ばしたものだと我ながら感心する。鳥取、島根の湯町窯や出西窯《しゅっさいがま》がふたりの間でブームになったこともある。

そうそう、益子の陶器市はディズニーランドに匹敵する位、ワクワク感満載だった。後藤義国という作家の作品があったり、美味しいカフェがあったり……。ある時、マハさんの家に遊びに行った際、陶器市で集めた器を使ってコース仕立ての晩餐《ばんさん》を催してくれた。料理は蓼科《たてしな》の料理人が蓼科の野菜を使ってのマクロビ。全国の旅先で集めたお皿を見ているだけで、懐かしさとともに旅の思い出がよみがえってきた。

ここ数年は旅の回数が減ってしまっているけれど、体力が続く限り細々と続けていきたいものですね、マハさん。

5 鳥取「カニ喰い」旅

寒いのが何より苦手な私だが、寒いときにわざわざ寒いところへ出向きたくなる理由がある。ウインタースポーツなどまったくたしなまないのに、真冬の激寒地区へ私がいそいそと出向く目的はただひとつ。「冬の味覚＝魚介類食い倒れ」を楽しむことだ。

冬、寒い地方の魚介類がアツい。カキもカニもフグも旬《しゅん》である。東京で食べたってそりゃあうまいだろうけど、旬の魚介類を新鮮なうちにたらふく食べられる地方へ出かけるのは、この季節、ほんとうに価値がある。

つい先日も、「ぼよグル」で鳥取方面を訪ねた。むろん、カニ喰《ぐ》いの旅である。私の中では（関東人の多くがそうではないかと思うのだが）カニ＝お正月のごちそう、という図式がある。カニ≒数の子という図式もある。もっと言うと、数の子≒イクラ、ゆえにカニ≒イクラ……ってそんな図式は成立しないか。とにかく、カニ＝特別に高級でなかなか口にできないもの、なのである。

ところが、関西人はそうではない、とぼよグル共同主宰者の御八屋千鈴が言う。なんと関西人は冬になると「かにカニ日帰りエクスプレス」なるパック旅行で、電車に乗ってカニの名産地へ繰り出すという。夏にスイカを食べるがごとく、冬にカニを喰らうのは関西人にとってはごく普通のことだそうな。ちなみに地元の情報筋によると、鳥取県人はこの時期、卵を抱いた「親ガニ（メス）」を好んで食べ、松葉ガニ（オス）の太い足になど興味がないとか。これまた初耳。

カニと言えば取材で訪れた金沢の割烹《かっぽう》「よし村《むら》」で、「十年に一度巡り合えるかどうかの一品」に巡り合ってしまった。

ぶり大根などを食べようかと気易くカウンターに座ったのだが、板前さんの背後に、地味〜に貼《は》り出してある品書きがすぐ目にとまった。「蟹炒飯《かにチャーハン》あります」。無類のイタ飯（炒《いた》めたご飯）好きの私は即座に注文。これが狂おしいほどの絶品だった。

目の前で熱したフライパンにとき卵、ご飯を茶碗一杯、だし汁を入れ、炒める。どっさりのカニ身が惜しげもなく投入され、三つ葉と白ゴマを散らし、大ぶりの九谷《くたに》焼の皿にこんもりと盛られて一丁上がり。

あまりのうまさに感極まって、すぐに某航空会社の機内誌に「金沢にこんなウマいものが……」と店名を伏せて寄稿したところ、編集部に一本の問い合わせの電話が入った。かけてきたのは嘘《うそ》か真《まこと》か金沢市長。「あの蟹炒飯が食べられるのはなんという店ですか？　接待に使いたいから教えてください」と。以来、金沢市長に接待をされる日を待ちわびているが、未だ連絡はない。

冬の味覚で私がもっとも執着し情熱を注ぐもの、それは何あろう「牡蠣《かき》」である。なにしろ私は、ついに自分が「カキの生まれ変わり」であることに覚醒してしまったくらいなのである。

◆

私の前世はカキ。天下の大悪人に食べられて食中毒を引き起こし、そやつをヒドい目に遭わせた。しかるにこの功績を認めた神様に「一回くらい人間にしてやろう」と恩情をかけられてこの世に人として生を享けた。というくらいカキが好きなのである。

やはり昨冬の金沢取材の際に、能登《のと》半島の穴水《あなみず》というところへ行った。そう知って行ったわけではないのだが、ここが大変な岩ガキの産地で、ちょうど「かきまつり」なるものを開催中であり、町のいたるところに「かきまつり」の幟《のぼり》が立っている。これを見て私は目の色を変えた。

その取材は文芸誌の特集「鉄道と読書」のためのもので「泉鏡花《いずみきょうか》を読みつつのと鉄道に乗る」のがテーマだったのだが（よく考えるとそのテーマもめったにないものだった）、いつのまにか「のと鉄道の終着駅でカキを食べまくる」というテーマに変わってしまった。

私と編集者のA君はてっとり早く目についたちゃんこ鍋《なべ》屋に入り、カキのフルコースを頼んだ。まずカキのくんせいと生カキとカキフライとカキ飯が出てきた。それから巨大な岩ガキが出てきた。バケツ二杯分も。これを炭火で焼き、ぱっかぱっかと軍手でこじ開けて食べる。んもう食べても食べても終わらない。私は十八個くらいでついにギブアップ。若きA君は私の分までひとつ残らず平らげた。いやあ食った食ったと金沢まで帰って、その夜、シメだとばかりにカキ寿司とカキフライをまた食べた。

その翌日、昼ごろから胃がムカムカする。その日は大阪からやってきた千鈴と合流し、引き続き「ぼよグル」で一足延ばして山中《やまなか》温泉の名旅館「かよう亭」に泊まる予定にしていた。金沢からバスで一時間、旅館にチェックインするやいなや熱と腹痛でばったりと倒れた。

いやいや、決してあたったわけではない。なぜって私には免疫があるから（だってカキの生まれ変わりだもの）。などとふとんの中でうんうん唸《うな》り、結局、楽しみにしていた蟹御膳《ごぜん》の夕食はあえなくキャンセル。「どう考えても食べすぎやなそれは……」と千鈴もさすがにあきれていた。

過ぎたるはなお及ばざるがごとし。なんであれ、美味な食材は上品にちょこっと、というのが、その味を愛おしみ愉《たの》しむこつであることを思い知らされたのであった。

しかし私は懲りなかった。金沢から帰った翌週に広島へ行き、またカキ飯をたらふく食べたのだ。で、今度は寝こまなかった。だって生まれ変わりだもの。

カキにここまで執着する一方、冬が旬の海の幸であまりぴんとこないものがある。それは「フグ」。

カキやカニ以上に高級食材として潜在的に私の脳にしっかりと刻みこまれているフグなる魚は、その存在自体わが人生にほぼ無縁なままで四十数年間が過ぎた。だからこのさきもほぼ一生無縁なままだろう。が、それを寂しいとも思わない。別に強がりなどではなく、ほんとにほんとに寂しくなんかない。と言えば言うほど強がりに聞こえるけど。ついでに言っとくがトリュフとかキャビアなんかも一生無縁だと思う。マツタケはちょっとだけでもいいからご縁を持ちたい。

それじゃあ食べたことがないかと言えば、実はこれまた唸るほど食べたことが一度だけある。そのときの印象があまりにも強烈だったので、以後フグは私の中で禁断の食材となってしまったのだった。べつだんフグの味が強烈だったわけではない。そのときのシチュエーションがスゴすぎて、フグの味を思い出そうとしても思い出せないのだ。

五年まえの冬のことである。

当時、私は建築家の仲間とともに北京《ペキン》のとある都市開発のアートコンサルティングをしていた。ショッピングセンターやオフィスを造り、その周辺にアートを配置したい、という開発業者の相談に乗るために、頻繁に北京を訪れ、開発会社のトップと親しく付き合っていた。その社長がある重要な人物（後になって役人とわかった）を接待するために日本を訪れるので案内してほしいと言う。経費はすべてその会社持ちで、片言ながら日本語が話せる秘書が同行するとのこと。もちろん、喜んでお受けした。

社長の意向は、とにかくその人物を喜ばせたいのであらゆる一流な店や宿に連れて行ってほしい、ということだった。予算はずばり「青天井」。私はがぜん色めきたった。ずっとまえから行きたい、泊まりたい、でも予算が……と思っていたあの店この宿に行くチャンスだ。大喜びで手配を始めた。

さて一行の来日直前に接待する要人がぜひ食べたいと言っているものがある、と秘書から連絡があった。それがフグだった。秘書は「福岡《ふくおか》にフグの名店があるはずだからそこへ連れていってほしい」と言う。ほかのことは全部こっちに丸投げだったのに、なぜかフグの店だけは具体的に店名を挙げてきた。

誰かに訊いたのか、よっぽど食べたくて必死で探したのか。生まれてこのかたまともにフグを食べたことがなかった私は、むしろ店名を挙げてもらって助かった。そして「フグを食べに北京からわざわざ福岡まで出向こうとは……きょうびの中国人のパワーはすごいな」とつくづく感心したのだった。

かくしてG社長（無理にたとえるなら石原裕次郎《いしはらゆうじろう》似）と要人Tさん（同じく高倉健《たかくらけん》似）と秘書Cさん（同じく菅野美穂《かんのみほ》似）が来日した。リムジンをチャーターし、銀座《ぎんざ》

「久兵衛」で寿司を食べ、屋形船でてんぷらを楽しみ、歌舞伎を観て、箱根「強羅《ごうら》花壇」に泊まった。さらに由布院「亀の井別荘」で温泉を堪能、福岡のデパート・岩《いわ》田屋《たや》の「イッセイミヤケ」で「ここからここまで全部」とラック買い。マイケル・ジャクソン級の豪遊ぶりはむしろ痛快なくらいだった。そしてくだんのフグ料理の名店へ。

テーブルに着くなりメニューも見ずに「一番いいコース（ひとり三万円）を四つ」と、片言の日本語でCさんが頼んだ。刺身が運ばれるタイミングで、女将《おかみ》が料理長を連れて突然の上客に挨拶《あいさつ》に現れた。するとCさんが「質問があります」と。「はい、なんでしょうか」。女将がにこやかに応対する。Cさんはいきなり片言の日本語で問い詰めた。「この魚は毒でしょう。食べたら死にますか」と。

単純にして究極の、そして禁断の質問。目の前でパンドラの箱のふたがズズと音を立てて開く気がした。料理長の顔から一瞬、笑みが消え

た。

しかしこの人はプロだった。すぐに真顔で返したのである。「ご安心ください、死にません」と力強く。

続いて仲居さんがフグの白子を持ってきた。Cさんが私に「これ、なんですか？」と訊く。「白子です」と私は答えた。「シラコってなんですか」とまた訊く。えーとえーと、と私は考えを巡らして、できるだけ小さな声で「精子です」と答えた。

「え、なんですか？」「だから、精子です」「セイシ……？」「精子です。精子。男の人が持ってるアレです。子供の素です。精子です、精子！」

ほとんどシャウトする私のそばへ仲居さんがすすっとやってきて、

「違います。精巣です」

と言い直してくれた。……あ。そのとおりです、はい……。

かくして一生に一度（たぶん）の「フグの宴」は終わった。VIP三人に気をつかうあまり、せっかくの味の記憶がさだかではないのがいまだに残念だ。

宴の翌日、福岡空港まで帰国する三人を見送りにいった。最後に、Tさんに「日本で何が一番おいしかったですか？」と訊いてみた。Tさんは、にこやかに答えてくれた。

「竹下《たけした》通りのラーメン」と。

日本の、寒いがうまいもの。カニ、カキ、フグ、そしてラーメン。納得である。

千鈴'sEYE

ある日、蟹炒飯の写メールが届いた。九谷焼の皿に盛られたその炒飯は、器の美しさとあいまって貴婦人のような佇まいだった。「これは絶対に食べなければ。ぼよグルで金沢に行く際は是非その店に！」ということで予約を入れてもらった。金曜日の夜、仕事終わりに大阪から駆けつけて金沢グルメを満喫するはずだった。しかし、仕事がいっこうに終わらず大阪を発ったのは七時半過ぎ。マハさんにメールで「十時くらいに着くからお店の方に遅れる旨伝えて」と必死に連絡をした。

金沢駅からタクシーで店に直行、なんとか蟹炒飯に辿り着くことができた。確かに美味しかったのだけれど、食べ終わってぐったり。今度は余裕をもってもう一度あの蟹炒飯を食べたいものです。

そして山中温泉「かよう亭」で、カキの食べ過ぎで倒れた相方。宿の支配人も「救急車を呼びましょうか?」と心配するほど。

そのおかげで私は懐石料理を独りでうやうやしく食べることになったのである。

しかしこの宿はある有名作家が「日本一朝食が美味しい宿」と雑誌に書いていたところ。朝食時にはちゃっかり体調も戻って相方は日本一のお粥を食べていました。日本一の朝食はその名の通りで、ぼよグル史上最高の朝食でした。だし巻き卵、ハタハタの一夜干し……今でも記憶に残っています。

マハさんは北海道十勝でも足の小指を痛打するという怪我に見舞われるのですが、ギリギリのところで病院送りにもならず旅を続行するという、ある意味強靭な精神力と強運の持ち主だとつくづく思う。

6　別府ヤングセンター

最近、取材を絡めた旅に出かけても、あまりアポイントを入れないようにしている。誰かと会う約束を作ってしまうと、どうしてもそれが旅の目的になってしまいがちだし、「取材でお話を聞きにいきます」と申し入れてしまうと、身構えられてしまうこともある。地元の人々のふつうの暮らしに接し、自然なおしゃべりを聞きたいとなると、あえて約束などせずに出かけていったほうが、ずっと効果的なのだ。

旅の最中、私はバスや電車など公共の交通機関での移動を何よりも好む。移動しながら地元の人々の様子を眺めたり、何気ないおしゃべりを耳にしたりするのが楽しいからだ。どうってことのない会話にその人のキャラクターや暮らしぶり、ときには人生がにじみ出ていることがある。私は日の当たる窓際の席に陣取って、流れゆく風景を眺めながら、前後左右から聞こえてくるローカルな会話を耳に、その人の人生に思いを馳《は》せたりする。そういうときに、ふっと物語の欠片《かけら》のようなものが浮かび上がる。それは大河ドラマや手のこんだ推理小説になるものではないかもしれないけれど、ささやかな人の営みの風景を描くのにとても役に立つ。どこかで暮らす誰かの小さくもいとおしい物語が、私の中で発芽する瞬間は、こうして旅先の移動中にふっと訪れるのだ。

自由業の特権で、平日の真っ昼間に移動をしていることがよくある。そういうときにローカルバスやローカル線の車中で居合わせる人種は限られている。一般的な観光客やバリバリのビジネスマンが乗っていることはあまりない。個人旅行をしている悠々自適の熟年カップルや筋金入りの「鉄道マニア」が乗っていることはある。もっとも乗り合わせ率が高いのが、地元の高校生、そしておばちゃんたちだ。

高校生の会話というのは、昔もいまもちょっと甘酸っぱい。近頃の地方の女子高生というのは、ネットや通信販売が発達しているせいか、はたまた地方都市の東京化が進んでいるせいか、都心で見かける女子高生とそう変わりないスタイルをしている子も多い。とはいえ、素の会話は、渋谷《しぶや》周辺でたむろしている女子高生のそれとはまったく異なるもののような気がする。数年前の二月、春まだ浅い東北のローカル線の車中で、卒業間近の女子高生たちの会話を耳にした。ふたりはミニスカートの制服にルーズソックスを身につけ、着こなしをめいっぱい都会の女子高生っぽく演出していた。ひとりがティーン向けのファッション雑誌を膝《ひざ》に広げ、もうひとりは真横からそれをのぞき見している。そして、のぞき見している子のほうが、さかんに「その服ええな。そんなんも東京行ったら買えるんよな?」「ネイルサロンとか行くん?」「どんな部屋に住むん?」と訊く。雑誌を広げている子は微笑《ほほえ》んで何も答えない。きれいな細い指がゆっくりページを繰っている。私はふたりを見守りながら、おそらくは故郷に残る子と、ひとり上京していく子、ふたりの少女の羨望《せんぼう》と寂しさが交錯する場面に自分が居合わせている不思議を思った。同時に、このふたりの友情がいつまでも続くことを祈らずにはいられなかった。それぞれの人生を、それぞれに輝いて生きていってほしいものだ、とも。

ほかにも、初々しい高校生カップル、はっとするような美少女、早く大人になりたくてたまらずにツッパっている男子高生など、ローカル高校生の生態は見ていて実に飽きない。あんまりじろじろ見てヘンな人だと警戒されたくないので、無関心を装ってじっと聞き耳を立てたりチラ見したりと、地方高校生ウォッチャーとして涙ぐましい努力をしている。ってやっぱりヘンな人かな。

◆

高校生よりもはるかに強烈なのがおばさん軍団だ。長く生きている分、ほんとうにいろんな人がいて、いろんな人生があるのだと、地方でおばさんたちに出会うとつくづく思わされる。特に、戦後日本を生きてきた世代のおばさんたちは、どこかたくましく、いまを謳歌《おうか》している人が多いように感じる。

やはりローカルな車中でのおばさんたちの会話には、思わず聞き入ってしまうような含蓄がある。ときには方言がキツすぎて何を言っているのかさっぱり意味を解せないものもあるが、それもまた音楽のように耳に心地よく感じられる。あるとき、バスの中で、後部座席で三人のおばさんたちが活発に会話しているのを耳にした。ひとりのおばさんが九十いくつのお舅《しゅうと》さんを介護していて、その苦労を滔々《とうとう》と語り聞かせている。お舅さんには少々認知症があり、ときおり突拍子もないことを言って嫁であるおばさんを困らせる。あるとき「わしのおむつに針をしこんだ。おかげでおむつの中がちくちくする。わしを殺す気か」と騒がれた。頭にきたおばさんは、おむつを替えるときにすっぽんぽんのままでしばらく放置した。でもまあ風邪を引いては困るから、とおむつをつけてやったと、けらけらと笑う。それに呼応して、ふたりの聞き手も大いに笑う。私は前の座席にいて、笑いをこらえるのに必死だった。この人すごいなあと思ったのは、大変な苦労話であるにもかかわらず、その様子が実に楽しそうだったこと。高齢化社会の到来で老老介護が問題にもなっているが、おばさんたちのこの明るさはどうだろう。現実から逃げずにがっしりと受け止める懐の深さ、しんどいことでも笑い飛ばす情緒の豊かさ。くよくよしてもしょうがない、と大きく構える力強さ。ああおばさん、私の悩みも聞いてくださいッ！　とたくましい胸の中へ飛びこんでいきたい気分になる。

舅姑《しゅうとめ》と折り合いよろしくなくとも、お父さんの稼ぎが悪かろうとも、ローカルなおばさんたちは元気に日々の暮らしを支え、地元を支えている。そしてまた、ローカルなおばさんたちは別のローカルな場所へ旅をして、思いっきりしゃべって笑って、食べて湯につかって、できる範囲で散財して、ちょっと「ヘンな買い物」をやらかして、大いに満足して、それぞれの住む場所へと帰っていく。どの地方へ出かけていっても、地元のおばさんと、その場所へやってきた旅するおばさんと、その両方に元気をもらう私である。

◆

さて、先日究極の「おばさんの殿堂」を訪れる機会があった。大分《おおいた》・別府《べっぷ》に旅したときの話である。レトロな湯けむりの町に、なんとなくおばさんパワーの源があるような気がして、例によっていきあたりばったりに出かけてみた。そのときの行程もかなり「移動」を重視したもので、わざわざ愛媛《えひめ》県の松山《まつやま》に入り、そこから電車で西へ移動して、八幡浜《やわたはま》からフェリーで約三時間かけて別府に上陸するというものだった。すなおに大分空港から行け、と自分でツッコミたくなる。

別府に上陸後、編集者Iさんとともに時間短縮のためタクシーに乗る。「地獄めぐりはどこがお薦めですか?」と運転手さんに訊くと、「いろんな地獄があるけんな……五時には閉まる地獄もあるけん、早《はよ》う行ったほうがええ」とナマナマしいお言葉。地獄にも閉店時間があるのか、へええ。と感心しつつ、まずは鉄輪《かんなわ》温泉へ。そこで思わぬ発見が。何やら毒々しい看板に巨大な文字が躍る。

「ヤングセンター本館」

どこからどう見ても超レトロな施設なのに、このネーミングの絶妙さ。真っ白メイクにヅラ姿の役者さん、旅芸人「劇団花車」一座の写真がどどーん。この場所こそ、「まっ●る」にも「る●ぶ」にも、どのガイドブックの地図上にもその姿を現さないという伝説のおばさんの殿堂。温泉&大衆演劇ショーを一日中楽しんで千三百円ポッキリという娯楽の天国「ヤングセンター」に、偶然というか必然というか、私たちは行きついてしまったのだった。「これはとてつもないドラマの匂《にお》いがする!」と、当然、入ってみることにする。

入り口で千三百円払い、劇場へ向かう。劇場の入り口でさらに百円払うと座布団を貸してくれる。座イスは座布団とセットで一日借りて三百円だそうだ。観客席は桟敷になっていて、好きな場所に座イスや座布団を置いて席を確保する。かぶりつきで観たい人はきっと早くから陣取っているんだろう。満員になれば千人くらいは入るんじゃないかという感じ。寒い季節の平日の昼間にもかかわらず、一階アリーナ席にはおばさんたちがぎっしり。右を見ても左を見ても、前も後ろも、んもうおばさんおばさんおばさんおばさん、おばさん一色。ちらほらと見えるおじさんがちょっとかわいく見えてしまうほどだ。中央の舞台にはここぞとばかりにスポットライトがガツンと当てられて、泣かせの場面の真っ最中。演目はどうやら母子モノ。ならず者の主人公が故郷に帰ってきて、やっと会えたお袋さんの胸の中で絶命する場面。デスメタルのライブ級の大音量でド演歌が流れる。「おっかさァァん」と一声叫んで虚空にぶわぁっと水を吐く主人公(どうやらこの水は血のメタファーらしい)。やんややんややんやの拍手喝采《かっさい》。いやあ、すごいのなんの。何がすごいって、おばさんが。これが日劇か帝劇なら、ラストシーンでは観客は微動だにせず呼吸も止めて、役者の一挙手一投足に注目するだろう。ところがここヤングセンターでは、かぶりつきで芝居の行く末を見守る正統派観客はもちろんいるものの、おばさんたちは立つわ座るわ、トイレへ行くわ売店で牛乳を買うわ、しゃべるわ寝るわ、とにかく好き勝手。もちろん劇場も役者も心得ていて、「座ってください」「お静かに」てなことはいっさい言わない。何しろトイレも売店も桟敷席のすぐ横にあり、トイレが近いお年寄りにも飲み食いしながら娯楽を楽しみたいおばさんにも優しい劇場なのだ。究極のバリアフリー劇場がこんなところにあったとは。

　休憩時間にも若い役者たちが桟敷席へやってきて、看板役者姫錦之助《ひめきんのすけ》のポスターを配って歩く。その甲斐《かい》甲斐《がい》しい姿に孫を重ねるのだろうか、おばさんたちから激励の声が飛ぶ。歌謡ショーが始まると、花道に現

れた女形《おやま》姿の錦之助のセクシーな襟元に嬉々としておひねりをヘアクリップで留めてあげるおばあちゃん。この一瞬の楽しみのために年金を貯めてここまでやってきたんだろうなあ。ヤングセンターに泊まっているとおぼしきおばあちゃんたちは浴衣姿でやってくる。白地に紺字で「ヤングヤングヤングヤングヤング」とヤングな文字がいっぱいにデザインされている浴衣がなんだかまぶしい。

役者に胸をときめかせ、若返るおばあちゃんたち。大型バスでどかんと乗りつけ、さばさばとお金を落とし、地元を活気づける。日本の地方はまさしくこの人たちに救われている気がする。やはりおばあちゃんは偉大である。ちなみに姫錦之助も色っぽくてきれいだった。男なのに。どっちも見習わなくちゃ。

7 〈ボーゴス〉

二〇一〇年、「楽園のカンヴァス」執筆の取材のために、新作小説の準備のためにパリに長期滞在をした。

百年まえのパリを舞台にした、芸術家たちの冒険物語を紡ごうと考えていた。「ベル・エポック（美しき時代）」と呼ばれた古きよき時代の名残《なごり》が、いまなお街じゅうのそここに留まっているパリ。二か月間の滞在で、この街の空気感をじゅうぶんに吸収するとともに、芸術立国・フランスの文化を存分に味わいたいと思っていた。旅から旅をするのもいいが、一か所に数週間かけて滞在するのも、さまざまな発見があって楽しいものだった。特に、その土地の人々の暮らしや考え方をよくよく知ろうと思えばなおさらだ。

それまでにも何度となく訪れたパリだが、いつも二、三日の滞在、長くても一週間程度だった。私は長らく美術関係の仕事をしていたので、この街に来るたびに、それっとばかりに美術館に飛んでいった。パリにはめまいがするほど美術館がある。いつ来ても「これは必見！」と思わせる展覧会をやっている。そのうえに「これは即買い！」と財布の口がゆるむブティックやお店もある。さらに「これは激食い！」とつい食べ過ぎるレストランやビストロ、おしゃれなパティスリー、ラーメン屋まである。ほんと、欲望全開にならざるを得ない。そそくさと通り過ぎるだけの旅でなく、一度じっくり腰を据えて自分の欲望と向かい合ってみるのもいいだろう。じゃなくて、自分の仕事ととことん向かい合ってみるのもいいだろう、ということで、長期滞在を試みたのだった。

◆

ところで、私の場合、世界各国を旅すると楽しみなのが、「イケメンとの出会い」である。

通りすがりの若くてカッコいい男子といきなり恋に落ちる。言葉なんて僕たちには必要ないさ……とか、そんな都合のいいことが起こるはずはない。遠巻きにイケメンをみつけて「あの人カッコいいなあ……」と見とれたり、おしゃれなカフェでかわいい男子にサービスされてついチップをはずんだり、そういうささやかな楽しみだ。世の男性たちだって、旅先でスタイルのいい金髪美女などを見かければ、それだけで得した気分になるだろう。女性だっておんなじなのだ。

世界各国を旅した中で「イケメン率が高い」と感じたのはイタリアだった。ミラノやローマなど、街中を歩いていると、はっとして振り向かずにはいられないイケメンとすれ違う。目鼻立ちが整っている人ばかりでなく、革のブルゾンを粋に着こなしているとか、サングラスをカッコよくかけているとか、そういうイケメンも多い。ちょっとおじさんだけど、くたびれたジーンズをはいているのが妙にさまになっている、という人もいる。まさに街じゅうにパンツェッタ・ジローラモが溢《あふ》れている、という印象だ。

二年ほどまえに、中部イタリアから北イタリアをひとり旅する機会があった。イタリア人男性はひとりで食事をしている女性をほっとかないらしいからなあ。おひとりですか？　よかったらご一緒に、なんて声をかけられたらどうするかな……などと心中ほくほくしながら出かけたのだが、二週間、朝・昼・晩とずっとひとりで食事して、サービスの太っちょのおじさん以外に誰にも声をかけられなかった。おいこらイタメン（イタリア男性のこと）たちよ！　いったいどこに目をつけてるんだ！　と文句のひとつも言いたくなった。

さらに追い打ちをかけたのが、そのイタリア旅行の最中、とある地方都市の駅での出来事。そのときは全行程を電車で旅していたのだが、地方の駅に行くとエレベーターがないことが多く、重いスーツケースの上げ下ろしには男性のヘルプが必要だ。それまでも私は何度もヨーロッパを電車で旅していたので、あちらではそういうときにさっと手を貸してくれるジェントルマンが必ず現れると学習していた。そのときも階段を降りようとして、通りすがりの親切な男性を探した。

ふと、ホームでふたりの警察官らしき男性が談笑しているのをみつけた。しかも幸運なことに、ふたりとも、ひょえっ！　となってしまうほどのイケメンである。地方の駅詰めの警察官までもがこのレベルとは……ううむ。とうなってる場合じゃない。私は小躍りしたいのをぐっと抑え、いかにも困っているひとり旅の日本人女性っぽく「スクージ、ペルファボーレ……」と近づいていった。でもって、「私、とても困った。日本人です。ひとつの大きな荷物があります」的なめちゃくちゃなイタリア語で嘆願した。珍しいおもちゃでも眺めるように、吸いこまれそうな青い瞳《ひとみ》がじいっと私をみつめる。あああまわりさん、そんなにみつめないで……。ところがふたりの警察官は、声を合わせて「ノー」と答えたのだった。私は世界中でこんなに不親切な警察官に出くわしたことはなかった。公共の場所であきらかに困っている女性がいたら、ちょっと手を貸すのは当然なんじゃないか!? と言いたかったが、文句を言えるほどイタリア語の能力もなし。仕方がないのでえっちらおっちら自分で運び、イタリアを電車でひとり旅するのは金輪際やめよう、と誓った。それよりもなんで断られたんだろう。いまだにその理由を考え始めると眠れなくなってしまいそうなので、寝るときにはイタリアひとり旅のことは思い出さないようにしている。

◆

パリにやって来て、私が最初に覚えたフランス語。それが「ボーゴス」である。どっかの缶コーヒーの名前ではなく、イケメン、という意味である。Beau Gosseと綴《つづ》るそうである。そのまま直訳すると「ハンサムなガキ」って感じらしい。

この単語をさっそく私に伝授してくれたのは、パリ在住の友人、こんちゃん。彼女とは共通の友人を介して知り合ったのだが、フランス人のご主人とともにパリの中心部に暮らす専業主婦……と書けば何やら優雅な有閑マダムを想像されそうだが、彼女はとても楽しいキャラで、私が心底頼りにしている人物。彼女がパリにいてくれたから、私は長期滞在に踏み切ろうと決断できた。

パリへやって来た翌日、ふたりで連れだって私の寓居にほど近いビストロへ出かけた。なんでもマスコミやモード業界の人たちが集まるいま人気のカフェらしく、なるほどファッショナブルなムッシュや、激寒にもかかわらず果敢にミニスカートの足をがばっと組んで座っているマダムが店内をにぎわしている。その中でまったく業界っぽくない私たちふたり……。

食事を終えてしばらくすると、突如こんちゃんの目の動きが怪しくなった。むむっ、その獲物をみつけたハンターのような目つきは!? 案の定、「マハさん、ボーゴスよボーゴス」とこんちゃんが囁いた。なんじゃボーゴスとは、ということで、この単語を徹底的に叩《たた》きこまれたわけだ。

実はこんちゃんも、私と同じかそれ以上にボーゴスに興味津々。以前も一度、私がこんちゃんの自宅に泊めていただいている間に、私の知り合いの日本人ボーゴス三名がたまたまパリへやってきた。二十代の粒ぞろいのイケメンを自宅に呼んでもいいだろうか、と尋ねたところ、気のいいこんちゃんは「もちろん！」と快く返事して、「じゃあ目ばり入れなくちゃ」といつも以上にメイクに余念がなかった。目ばりをばっちり入れたこんちゃんと、いまふうのワンピを着こんでパスタなんか作っちゃった私。気合いも年季も入った女性ふたりに麗しの都・パリで接待されて、日本人の若きボーゴスたちはいったいどう感じたことだろう……。とまあ昔のボーゴスのことはいいとして、そのとき、私たちの隣の席に座った男子たちは、うわっまぶしい！とのけぞりそうになるくらいのボーゴスだった。それから急にこんちゃんと私は、ちらちらと視線を横に送りながらもじもじとおしゃべりする、はたから見ても挙動不審なふたり組になってしまった。ボーゴスがそばにいると落ちつかないのは私だけかと思っていたのだが、どうやらこんちゃんも同様のようだ。当のボーゴスふたりは、私たちのほうになど目もくれなかったのだが。うう、さびしい。

8　夜のルーヴル

日本各地や世界の都市を旅するとき、まったく無目的に移動するのも楽しいが、友人がいる場所へ出かけていくのは格別に楽しい。

私の場合、国内ならば関西地方や沖縄にいつ出かけていってもあたたかく迎えてくれる友がいる。海外ならば、上海《シャンハイ》、香港《ホンコン》、ニューヨーク、ロサンゼルス、トロント、バーゼル、ロンドン、そしてパリ。単なる旅行や仕事で行ったときにはあくまでもよそいき顔だった街が、その場所に住む友だちができたとたんに違う輝きを放つから不思議だ。旅先で友が待っていてくれる、と考えるだけで心がはずむ。駅や空港から「いまから行きます」とメールをすれば、「待ってます！」と返事がくるのもうれしい。到着すればたちまちわが街のようにふるまえるのも、友がいればこそ。

実は私には、さきに挙げた都市以外にも、いつ行っても親しく迎えてくれる友人たちが世界中の都市に存在する。その友人たちのおかげで、私はどこへ行くにも寂しくないし、その友人たちがいればこそ、必ず彼らが住む場所へ帰ろう、といつも思う。したがって、また旅から旅へ、友人たちに会うために、彼らの家を訪ねて動き回るはめになる。さしずめ「人生の友」。元気でいる限り、生涯を通して会いにいくだろう。

その友人たちの名は、アート。そして彼らの住む家とは、美術館だ。

◆

長らく美術関係の仕事をしていたために、アートを観にいく、美術館を訪問する、ということが、いつのまにか自分にとっては特別なことではなく、ごく自然なことになっていた。しかし、かつての私の「お仕事で美術館公式訪問」と、いまの私の「友人の住む家に遊びにいく」感覚には、まったく雲泥の差がある。もちろん、いまのほうが断然楽しい。

美術関係の仕事をしていた頃は、まず美術館の館長や学芸員に面談の申しこみをし、その美術館やコレクションの歴史を事前に勉強し、デキる女ふうパンツスーツを着こみ、ハイヒールをカツカツ鳴らして出かけたものだ。海外では展覧会のオープニングレセプションで大物コレクターや億万長者の美術館理事に会うこともあった。そういう人々は「どこにお泊まりなの？」と会話の初めに必ず訊いてくる。泊まっているホテルの格でその人物を判断しようというわけだ。従って、事前に宿泊先までもよくよく検討しなければならない。「ユースホステルに泊まってますの」などと答えれば、たちまち「こいつは信用できん」とジャッジされてしまう。げに恐ろしき世界であった。館長や学芸員に案内されながら館内を回っても、私の視線は作品の表面をさまようだけ。説明を聞くのに必死になって、「目がお留守」な状態だった。せっかくすばらしい美の殿堂にいても、実は何も見えていない。それでも「どこそこの〇〇美術館へ行ってきた」という実績ができたことに満足をしていた。

ところが、いまはまったく違う。

私は、単なるアートを愛する一個人に過ぎない。大好きな友人たちを訪ねる思いひとつだけ胸に抱いて、美術館を訪ねるのだ。

私はもうどの会社にも美術館にも属していないし、特に美術関係の仕事をしているわけでもない。美術館に出かけるのに事前に誰かにアポイントを申し入れる必要もないし、館長や学芸員に案内されるわけでもない。フリーパスも招待状もないから安くない入場料を払わなければならないし、混み合う展覧会に入るためには長い列に並ばなければならない。カタログも謹呈してもらえないから自分で買って、えっちらおっちら持ち帰らなければならない。格別におしゃれをする必要もない。お気に入りのジーンズとフラットシューズ、財布と入場券が入る小さなポシェットを肩から提げて、両手は空っぽにする。最低限の事前情報をネットでチェックして、あとは頭も限りなく空っぽにしていく。だって、友だちに会うんだもの。

彼らに会って、「元気だった?」と（心の中で）思い切りハグするために両手は空けておくのだ。彼らが語りかけてくる言葉の数々——愉快で、エキサイティングで、ときにしみじみと悲しいこともある——をしっかりと受け止めるために、頭の中も風通しをよくしておくのだ。「えー、この作品はパオロ・ウッチェロが初期ルネサンス時代に遠近法を見出した重要な作品で……」などと、小難しい説明が決してよぎったりしないように。

美術関係の仕事を潔く辞めてしまって、いま、アートは私のほんとうの友だちになった。

私たちはお互いに真実の目でみつめ合い、お互いに心を通い合わせることができる。彼らの家――美術館を訪ねるたびに、そう感じずにはいられない。

◆

さて、数え切れないほど多くの友が住むすばらしい家々がパリにはある。いつもパリへやってくると、あの美術館にもこの美術館にも、と血相を変えて走り回るのが常だった。会いたい友だちが多すぎる、というのも痛し痒《かゆ》しではある。

「楽園のカンヴァス」取材のためのちょっとのパリ滞在のときは、幸い時間はたっぷりあった。かねてから腰を据えて一度じっくり会話しようじゃないか、と思っていた小粒ながらも美人のあの子や気になるイケメン君たちに会う絶好のチャンス。彼らの住まいであるパリ随一の、いや世界最大級の家（というか城）ルーヴル美術館へマメに通うことに決めた。

以前から、ルーヴル美術館が毎週水曜日と金曜日に夜九時四十五分まで開館していることは知っていた。マメに通える立場にあっては、この「夜ルーヴル」で全館制覇に挑もうじゃないか。とまあ、友人宅を気軽に訪問の予定が、いつのまにか美の殿堂制覇の野望へと変容してしまったわけだが。

一度でもパリへ観光しにいったことのある人ならば、それはすなわち一度はルーヴル美術館へ行ったことがある、ということになるんじゃないだろうか。それほどまでに、ルーヴルはパリを訪れる観光客の目的地となっている。しかし、これまた多くの人が、時間があまりなくてじっくり観ることができなかった、という思い出を共有しているんじゃないだろうか。しかも館内がとんでもなく広くて、たちどころに自分の居場所を見失ってしまう。お目当ての「モナ・リザ」を観にいくつもりが、なぜかエジプトのミイラの前にいた、なんて経験があるかもしれない。私もルーヴル初心者の頃はまったくこの口で、実は怖い体験もした。

初めて「夜ルーヴル」を訪れたときのこと。夜なのに美術館にいる、という事実（まさしく大好きな男の子の家に、夜、初めて遊びにいった感じだ）にすっかり興奮してしまった私は、館内案内図などちっとも見ずに、感覚の赴くまま、ギャラリーの奥へ奥へと迷いこんでいった。頭の中はひとりアートカーニバル状態だったと思う。ギャラリーは奥へ行くほど人気《ひとけ》がなく、私は次第に自分の居場所も時間の感覚もまったく失っていった。

と、バタン、と背後で大きな音がした。振り向くと、ギャラリーのドアが閉められている。あっと思ってあわててもう一方のドアへ走った。タッチの差で、そのドアもバタンと閉まる。向こう側から閉めているので、人影が見えず、ドアが勝手にどんどん閉まっていくように見える。さすがにぞっとした。

誰もいないギャラリーで、ぐるりと取り囲む肖像画がいっせいに私をみつめる。これはほんとうに閉じこめられてしまうかもしれない、と焦った。ギャラリーからギャラリーへ、出口を探して本気で走った。ようやく出口へたどりついた私は、その日、最後に館内から出てきた人間だった。命拾いをした、と思った。まさに「ダ・ヴィンチ・コード」を地でいく体験だった。

あとにもさきにも、美術館の中を思い切り走ったというのはこの一度だけだ。健全なる美術愛好家の皆さんは、決して真似《まね》しないでください。

◆

脅かしておいて言うのもなんだが、夜のルーヴルは文句抜きにすばらしい。ちゃんとタイムキープをして、余裕を持って館内から出てこられれば。

夕方六時に入れば、閉館まで三時間半もある。美術館での作品鑑賞はけっこう歩き回るので、ルーヴルじゃなくても一時間くらい見ているとけっこう疲れるものだ。だから三時間半というのは、お腹いっぱいになるまで見続けられる、という感じだ。

夏のパリは午後九時、十時くらいまで薄明るいのだが、冬のパリは六時すぎにはとっぷりと日が暮れる。と同時に、壮麗なルーヴルの建物がライトアップされ、「ダ・ヴィンチ・コード」で一躍有名になったガラスのピラミッドの入り口が夜の闇《やみ》に浮かび上がる。まさしく美術品を詰めこんだノアの箱舟のようだ。このピラミッドからエスカレーターで地下のメインの入り口へと降下していく。ナイトツアーの始まりは、宇宙船に乗りこむような胸躍る瞬間だ。自販機でチケットを買って、ずっと気になっていた「小粒な美女たち」のもとへ、いざ。

「モナ・リザ」「ミロのヴィーナス」「サモトラケのニケ」など、ルーヴルを代表する作品をみつけ出すのにやっきになって、いつも見落としていたものがある。それが今回、私が「腰を据えてじっくり会話しよう」と目論んだ、小さくもたまらな

く美しいルーヴル最古のコレクション群。古代オリエント時代からローマ時代にいたる、キリスト前史を彩った芸術品の数々だ。「とにかくモナ・リザだ」と頭の中を有名作品一色にしていたときには決して目に留まらない、ガラスケースにちんまりと収まった古代の装飾品や食器、人形や壺。ひとつひとつをていねいに見て、「はじめまして」と会話を始める。彼らのなんと饒舌《じょうぜつ》で、なんと感性豊かなことか。最古のものは山羊を抽象化した壺。ピンクがかった茶色の素焼き、丸い形の上に、ブーメランのようにくるんと曲がった大きな角を持つ山羊のシルエットが浮かび上がっている。なんと七千年の時を超えて、いま、私の目の前にある。ああ、この奇跡を誰に感謝すればいいんだろう。きっと、またもやひとりアートカーニバルな状態になってしまった。危ない、危ない。輝くグラスや天使のオブジェから、ふと窓の外に目を移せば、静かな冬の夜。閉館時間が近づいている。名残惜しいが、もうそろそろ行かなくちゃ。そしてまた、帰ってこなければ。新しくて古い友人たち、人生の友に会うために。

9 バゲットと米

二か月ちょっとのパリ滞在を終え、無事日本へ帰り着いたときのことである。フーテンの旅にしてはけっこう長く日本を留守にしたし、すっかりパリの雰囲気になじんでしまっていたから、帰ってきたら浦島太郎になってしまうんじゃないか？ と思ったりもしたが、そこは民族のＤＮＡとでもいうべきか、ものの五秒で、はい、もとどおり。そして、帰ってすぐに「食べたい！」と切望したのが、にぼしでだしを取った味《み》噌汁《そしる》、ぬか漬け、白いご飯。それからカレーライス。フランス料理はしばらく受け付けませんよ、って感じだ。

しかしながら、実は、フランス滞在中に自分でも意外だったのが、「日本食を食べたい！」とあまり思わなかったこと。最初の頃こそ自炊して鍋でご飯を炊いたりしていたのだが、次第に「パリ風手抜きめし」なるものに慣れ、最後には「これは世界でもっともうまいもののひとつに数えられないとは言えなくもないかもしれない」と、消極的ながらもかなりフランスの食べ物に同調している自分を発見するに至った。極めて高い日本の食材（例：冷凍納豆五ユーロ＝約六百五十円）を買ってきて中途半端な日本食を作って食べるよりも、そのへんのスーパーでフランス人が気軽に買って食べるものを主食にしたほうがずっとましだと学習した結果だ。

ちなみに、パリにはそこそこおいしいラーメン屋やうどん屋などがあるが、軒並み高く、ラーメン一杯十ユーロ（約千三百円）なんていうのは普通のこと。外食を続けるわけにもいかず、かといってがっつりひとり飯を作るのも面倒くさい。そこで、次善策として「パリ風手抜きめし」なるものを考案。なんということはない、バゲットとチーズだけの食事だ。これにワインが加われば「青の時代」のピカソを気取れたかもしれないが、私は幸か不幸か下戸なので、ワインの代わりに発泡水を飲む。これにサラダや作り置きのスープ（野菜を細かくきざんで、おろししょうがを加えて煮込み、塩・こしょうしたシンプルなもの）などを合わせればもう完璧《かんぺき》。パリを発つまえには、この「手抜きめし」と別れるのが寂しくて仕方がなかった。まったく、「住めば都」とはよく言ったものである。

◆

フランスは世界が認める美食の都、というけれど、実は私は、長いあいだフランス料理なるものにあまり興味がなかった。

そりゃあ日本でだっておいしいと名高いフレンチレストランへ行けば文句は出ないけれど、「ああ、うまいフレンチが食べたいッ！」という気分になったことは一度もない。衝動的に「激辛なタイ料理が食べたいッ！」とか、「ああなんとしても即席ラーメンが食べたいッ！」とか、「どんぶりサイズのプリンが食べたいッ！」などと思うことはある（しかもわりと頻繁に）。が、「カナル・ア・ロランジュ・ア・ラ・ブルギニョンヌを思いっきり食べたいッ！」という衝動にかられたことは一度もない。衝動どころかどういう料理なのか思い浮かべられない時点でダメなわけだが。

　フランスには何度も行ったことがあったが、「またフレンチ食べなきゃならないのか……」と暗くなったりすることもあった。時差ボケの体にフレンチの濃厚なソースはけっこうこたえる。少しでもフレンチっぽくないものを、と思ってパスタなんかを頼んだ日には、くったくたの「煮込みうどん風スパゲティ・クリームソースがけ」とかが出てきてがっくりする。じゃあ思い切って極上フレンチを！　と星付きレストランにひとりで出向く勇気は全然ない（星付きレストランは夜のコースならば二百ユーロなんてのはざらで、コース終了が深夜零時になることもある）。うーむやっぱりフレンチは好かん……と、かなりの偏見に発展していた。

　長期滞在するにあたって食の問題は最初から懸念されていたが、いざとなれば毎日ご飯を炊いて梅干しで生きればいいや、と半ば捨て鉢になっていた。

　ところが、である。

　パリで最初に住み着いたサントノーレ通りに、なんでもすごいブーランジュリー（パン屋）があるとの噂を耳にする。パリ在住の日本人の友人たち、バゲットにはちょっとうるさいマダム・こんちゃんも、マクロビレシピにハマっている他の友人も、わざわざそこまでバゲットを買いに出かけるのだという。かねてから「死ぬまでに一度でいいから近所においしいパン屋さんのある街に住みたいものだ」と憧れていた私は、ここで夢かなったりか、とさっそくその噂の店「ジュリアン」へ出向いてみた。なんでもパリ市主催バゲットコンクールでの上位入賞の常連だとかで（優勝店は大統領の住むエリゼ宮に毎日バゲットを届ける御役目を拝受するらしい）、店の前には年末ジャンボ宝くじ発売日かとみまごうばかりの長蛇の列。待つこと十分、ようやく手にしたバゲットのしっかりと立派で長いことといったら！　どうがんばっても持参したエコバッグには収まりきらないほど。じゃあこうするか、と小脇《こわき》に抱えて通りを歩けば、あれ？　いつのまにかパリジェンヌっぽくなってないか私？　と気分も上がる。

かくして持ち帰った「大統領御用達」のバゲットを食してみると……。

んあ〜〜〜っ!!　な、なんだこれは!?　うンまあ〜〜いいッ！

と、ひとりのけぞってしまった。いや、ほんと、おおげさじゃなく。

もちろん、いままでもバゲットを食べたことはあったし、何はさておきパリのクロワッサンがおいしいことはよくよくわかっていた。しかし、このブーランジュリーのバゲットはあきらかに別モンだった。輸入養殖ウナギのかば焼きと、四万十《しまんと》川天然ウナギのかば焼きくらいに違う。外はカリカリで、パリパリと割くと、中はもっちり白肌のパン。

適度な塩味とほのかな甘味。口に含めばいつまでももちもちと噛《か》みごたえがあり、噛むほどに味が深まる。私は、このフランスの食のもっとも善良なる果実とでも言いたいバゲットとの出会いに、すっかり舞い上がってしまった。

一度こうなると、延々飽きずに食べ続けるのが私の食のスタイルである。かつてはチキンラーメンを丸二週間食べ続けたこともあった（そして嫌いになるどころかいまも大好きだ）。その私が、一度惚《ほ》れてしまったバゲットを見放すことなどない。その日以来、延々と、少なくとも一日二食、バゲットを食べ続けた。

加えて発見したのがフランス産チーズの美味なこと。もともとチーズのような発酵系食物（しかもハンパでなく臭ければなおさら）が好きでたまらない私は、近所にチーズ専門店があるのをいいことに、あらゆるチーズに挑戦をした。三年ものの「コンテ」というハードチーズ、青カビのチーズ、かなり臭いけどたまらなく美味なヤギのチーズ、こしょう入り、ドライフルーツ入り、などなど。日本の五分の一程度の値段で珍しいチーズを買えるのもうれしい。もはや輸入米にも冷凍納豆にも用はない。

かくして、「お手軽フランスめし」が完成した。二か月間、ほぼ毎日この食事のスタイルを貫いた。「こんな食事ばっか続けてさあ」となんとなく自慢半分にこんちゃんに話したら、「フランス人は普通そうだよ」と言われる。

◆

ところで、フランス滞在の最後に、南仏へぶらりとひとり旅に出かけた。ピカソや印象派の画家の足跡をたどってみたい、との思いから出かけたのだが、当然、南仏ならではのうまいものも食べてみたい。

そこで、最初の宿泊地・カンヌで、カンヌ国際映画祭のときに各国のスターがこぞって泊まるという誉れ高い豪華ホテル「インターコンチネンタル・カールトン・カンヌ」の「ベイサイドカフェ」とやらに出向いてみる。スターのみならず、世界中のお金持ちが集まってくるオープンエアのカフェレストラン。心地よい潮風を浴びて、目の前のオーシャンビューに身を委ね、ここぞとばかりにうまいニース料理のひとつも食べようじゃないか。カンヌだけど。

ところが通された席は心地よいどころか海からの強風が吹きっさらすテラスで、たちまち私は震え上がった。それでもここまで来たんだから、とサラダ・ニーソワーズ（ニース風サラダ）を注文。うう、多少寒いのは事実だけど、ここは我慢。世界のセレブに交じって、私も日本代表（なんの？）として踏ん張らなくちゃ、と全身を硬直させて待つこと二十分。

「お待たせいたしました、マダム。こちらがサラダ・ニーソワーズでございます」

と、イケメンギャルソンがおもむろに運んできたのは、ボウルの中にざっくり四つ割りの丸ごとレタス、その上に四つ割りの丸ごとトマト、さらにその上にニシンのヒラキ。

まあ素敵、これが南仏グルメの決定版ね、いっただっきま〜す……ってこんなモン食えるか〜っ!!

てな具合で、豪華ホテルのビーチカフェの看板にすっかり翻弄《ほんろう》されたのであった。これで五十ユーロ（約六千五百円）。世の中のお金持ちっていったい……。

さらに苦難は続いた。そのあとに訪れた美しい古村、サン・ポール。ピカソやマティスも好んで泊まったという美術館のごとき様相のホテル「ラ・コロンブ・ドール」で、またもや優雅なガーデンランチをキメようと目論んだ（懲りてない）。海辺の一件とは違い、燦々《さんさん》と降り注ぐ日の光も優雅で、ギャルソンたちもフレンドリー。これはうまいもんが出てきそうな雰囲気とばかりに、「こちらの名物はなんですの？」と訊いてみる（英語で）。すると、チーフギャルソンらしきムッシュが「サン＝ポール風ベジタブル・バスケットというのが一番人気です」と説明してくれる。あらよさそうじゃないの、じゃあそれお願い、かしこまりましたマダム、と気分のいいやりとり。そして出てきたのは……。おばさんが提げてそうな茶色の買い物カゴに、どどーんと丸ごと野菜がぎっしり。玉ねぎにナスビ、きゅうりにキャベツ。わあ、ニンジンもある。なんて新鮮、いっただっきま〜す……ってウマか私は!?

これでやっぱり五十ユーロ。わたしゃもう帰ります。やっぱり味噌汁にご飯がいちばん。はい、日本人ですから。

10 会津若松白虎隊

毎度旅のプランを検討しながら、ふと考えることがある。今回の旅のテーマはいったいなんだろうか？ と。かなり明確なテーマを持って旅することもあるが、私の場合、特にテーマも目的もなく、大体行く先だけを決めて、いきあたりばったりに旅してしまうことも多い。が、さすがに行き先を決めずにふらりと出かけることはない。筋金入りの「フーテンの寅さん」にはなりきれていないのが少々くやしい。

旅に出る人たちは、誰もがテーマを意識して旅するものなのだろうか？ ネットで旅行代理店のサイトをチェックしてみると、「地域」「キーワード」そしてやっぱり「テーマ」で旅行先やパッケージを探せるようになっている。じゃあその「テーマ」の内容は？ というと、「世界遺産」「温泉」「山登り」「グルメ」「ゴルフ」などなど。うーむ、「世界遺産」はたしかにテーマっぽいけど、「ゴルフ」をテーマと呼べるんだろうか。「おれの今度の旅のテーマはズバリ『ゴルフ』だ！」とお父さんに言われたら、「それ、旅じゃなくて接待なんじゃないの？」と返してしまいそうな気もするけど。

いつもの旅の道連れ・御八屋千鈴との旅は、テーマどころかタイトルまで「ぽよグル」と決まっている。しかしこうして文字にしてみると、やっぱりこれもテーマと呼べるかどうかは怪しい気がする。そんなわけで、最近は、ぼよグルにおいても漠然と「別テーマ」が加わるようになってきた。最初は「世界遺産を訪ねる」「城に上る」「桜を追う」など、某シニア向け旅雑誌のお題になっていそうなシブいテーマだったが、ここのところはさらに具体度が増している。「バーナード・リーチが作陶した窯元を訪ねる」とか、「高知《こうち》市内の屋台でいちばんうまい餃子《ギョーザ》を開店早々に食べる」とか、「空気に一度も触れずに地底からわき上がってくる源泉（温泉）に入る」とか、やたらきっちりテーマが盛りこまれるようになってきた。でもって、それらは決して企画倒れにはならずに、きちんと実行され、高い評価も得ている（ふたりのあいだで）。まったく、仕事もこのくらいに成果が上がるとよいのだが。

本書ならびに小説『旅屋おかえり』の取材のために出かけた旅で、我ながらもっとも興味深いテーマだったのが「あらゆる手段を使って移動をする」というものだ。移動距離や移動時間を競うというアスリート系のものではないし、ローカル線でのんびりゆったり移動を楽しむ、という鉄子《てつこ》な旅でもない。飛行機、鉄道、車、タクシー、フェリー、バス、そして徒歩。できる限りの乗り物と手段で無分別な移動を試みる、かつ人との出会いを大切にし、ご当地のうまいものを食した上、温泉も堪能する——という企画だ。おもしろそうなんだか大変なんだかわからないテーマだが、移動マニアの私にとってはここ最近でもっとも骨太で楽しい旅だった。目的地として選ばれたのは愛媛・高知・大分で、三泊四日でこの三県を大移動した。いやはや、移動マニア冥利《みょうり》に尽きる旅だった。移動に用いられなかったただひとつの乗り物は自転車。それだけがいまだに悔やまれる。あ、馬もなかったけど。

そんなわけで、旅にテーマはやはりつきものである、というのが私の結論ではあるのだが、そんなこととはまったく別に「たまたまテーマになってしまった」ということもある。思いがけずにこんな人に会った、とか、思いがけずにこんなところへ行った、とか。そして、そういう「思いがけない、けれど振り返ってみると完璧にテーマになってしまった」出来事なり場所なりがある旅というのは、その先一生忘れられないものになる。そして私のような職業の場合は、それが物語の種になってのちのち発芽することもある。

◆

さて今年のゴールデンウィークに、私はまたもや「移動すること自体がテーマなんじゃないか」とはたからみても疑わしい旅をした。主に北関東から東北にかけて十日間ものあいだ、うろうろ、うろうろ。前半は夫と中学時代からの古い友人・つんちゃんと三人で、福島《ふくしま》〜花巻《はなまき》〜遠野《とおの》と渡り歩いた。後半はこの時期お決まりのぼよグルで、メンバーチェンジとばかりに夫とつんちゃんを先に帰し、千鈴と益子《ましこ》の陶器市で合流。益子〜宇都宮《うつのみや》〜福島〜会津若松《あいづわかまつ》〜郡山《こおりやま》とまたうろうろ。移動手段は新幹線と電車とバスとレンタカー。複雑怪奇な行程のチケットをとるのに新宿《しんじゅく》駅のみどりの窓口で三十分も駅員さんと検討した。ちなみにこのヘンな行程は三月にパリで練り上げたものだ。パリからスイスのバーゼルや南仏への小旅行の計画と同時進行で北関東と東北の経路を検討したのだが、カンヌの最高級ホテルの値段やアンティーブの美術館の開館時間を調べつつ、那須《なす》アルパカ牧場・赤ちゃんとのふれあいタイムをチェックしている状況は、我ながらグローバルな旅人感があった。まあとにかく、かなり早い段階から行き当たりばったりじゃなくしっかりと練り上げた計画的な旅だった。

ところが今回のぼよグル三日目、会津若松に入る直前に、突如千鈴が「自分は行くつもりはなかったのだが行かざるを得ない場所があるから行ってほしい」と積極的なんだか消極的なんだかわからないリクエストを出してきた。彼女が是が非でも行きたいところというのは決まって温泉宿やグルメスポットや工芸品の店、そして各地の主要駅周辺にあるモーニングがうまい喫茶店やクィックマッサージ店や無印良品《むじるしりょうひん》などと決まっているのだが、その「行かざるを得ない」場所というのは珍しく観光スポットだった。しかも墓。そう、あの会津が誇る若き忠義の志士たち「白虎隊《びゃっこたい》」の墓だった。

千鈴と私は正真正銘の「逆歴女」で、いまはやりの戦国武将たちの墓巡りなどに血道を上げている歴女なる女性たちとは真逆の立ち位置にいる。つまり美しい城を眺めたり城下町でダンゴを食したりするのは好むが、べつだん武将や古刹《こさつ》に萌えたりはしない。

なぜまた白虎隊の墓参りがしたいなどと言い出したのかいぶかしかったが、その理由というのが「上司に言われて」という不可解なものだった。

　千鈴はかれこれ三十年も大阪の証券会社に勤務している。当然、有休は消化しきれないほどたまっている。そこで、ゴールデンウィーク中に一日だけ有休をとろうと上司に諮《はか》ったところ、長々と説教をされた。月末に休みを取ろうとは何事か、と。有休を取るのは当然の権利だろうと思うのだが、そこが組織の難しいところだ。千鈴はぐっと我慢して、上司の説教をとくと受けた。気の毒な話である。

「で、休みをとってどこへ行くんだ？」と尋ねられ、会津若松方面に、と答えた瞬間、唐突に風向きが変わった。「だったらぜひとも行ってきてほしい」と逆に薦められたのが、白虎隊の墓がある飯盛山《いいもりやま》だった。なんでも、上司の奥様のご先祖が、会津戦争で戦って殉死した白虎隊の隊員なのだという。自刃した十九名の烈士として飯盛山に墓があるからぜひ見てほしい！　と推奨されたということだった。友人の上司の奥さんのご先祖様、という、私にとっては近いようでかなり遠いご縁だが、ほぼ義務化されてしまったので、とにかく行ってみることにした。

　当日は絵に描いたような好天で、会津若松きっての観光スポットである飯盛山は大勢の観光客でにぎわっていた。白虎隊十九名が町中の火事を会津城陥落と勘違いして自刃を図った小高い丘の上には、老若男女がどっと詰めかけ、墓参りというよりも完全にレジャーになっていた。子供たちが「ね～なんでここで死んじゃったの～」「なんでお墓なんか見にいくの～」とお父さんに詰め寄る光景も。そんな中、見るからにまじで白虎隊を崇拝する歴男がひとり。粋な着流し姿で、手には数珠、額には白い鉢巻き。ってなんか衣装間違えてないか？　いやいや、歴男に目を奪われてる場合じゃない。ご先祖様のお墓を探さなくちゃ……と、ずらりと並んだ苔《こけ》むす墓碑をひとつひとつチェックしたところ、あ……あった。ありました！　千鈴の上司の奥さんのご先祖様のお名前が！

　いやあ、すごいな。ほんとにあった。なんだか得した気持ちになって、ありがたく手を合わせる。なんの縁もゆかりもなかった白虎隊を、一気に身近に感じた瞬間だった。と同時に、私はここにいるどの観光客とも違うのだ！　なにしろ友達の上司の奥さんのご先祖様が白虎隊なのだから！　と

胸を張りたい気分になる。ひょっとするとこのさき、白虎隊を題材にした小説に取り組むこともあるやもしれぬ……いや、ないか。

◆

フーテン史上もっとも無計画・無テーマで旅をしたのに思いがけずにおいしい目にあったのが、昨年訪れた岩手《いわて》県遠野市である。例によって「なんとなく北のそっちのあの方角になんかありそう」ということで、編集者Wさんとともに遠野に出かけた。それにしてもこのようにインチキな占いもどきの方法で取材先を決められてしまって、Wさんにはまことに迷惑な話だったと思う。ほんと、いまさらながらゴメンナサイ。

ところがその「占い型行き先決定法」が吉と出た。遠野まで出張ったものの、具体的な目的地も案内人もいるわけでなく、私たちは漫然と地元ランチを食べ、漫然とカッパが出るとかいう川淵にでも行ってみるかと考えていた。そこでなんとなくおいしそうな農家レストランを目指していったところ、見知らぬおばさんがレストランの中から出てきて、「いまテレビの収録中なんですけど、ついでだから出てもらえます？」と言う。店内に入ってみると、オープンキッチンにものすごい数のおばさんがひしめいている。なんと「岩手県食の匠」なる地元グルメの名シェフたちが一堂に会して研鑽《けんさん》会を催していたのだ。当然お客はシャットアウトなはずなのだが、「東京から食べにきました……」と事前に予約の電話をWさんが入れてくれたこともあり、せっかくだから食べていってもらおう、ということになったらしい。これには面食らった。こんな田舎の小さな店で、岩手の食の匠全員に会えるとは。しかもその手料理を食べさせてもらえるとは。幸運をかみしめつつ食べたタケノコの煮物に朝摘みフキノトウの天ぷら、豆の炊きこみご飯などなど、春の山菜料理のうまさは筆舌に尽くしがたかった。そしてちゃっかり地元の番組のインタビューも受けてしまった。東京から来た観光客AならびにB、ということで。Wさんとふたり、「すっごくおいしかったです!!」。思いがけない出会いと感動、そしてテレビ出演。これだから旅はやめられない。

11　餃子の生まれ変わり

最近、友人たちとの飲み会などで必ず試みる質問がある。「あなたはなんの生まれ変わりですか？」。別に前世占いをしようという趣旨ではない。生まれ変わりと言っても「食べ物」に限る。つまり、「私は××の生まれ変わりと宣言しても差し支えがないほど、××が好きだ。私の前世はまちがいなく××だったに違いない！」というくらい、大好物な食べ物は何か？　ということです。この××のところに自分の好きな食べ物の名前を入れてみてください。多分「あ〜、なんか納得」という気分になるはず。

これがけっこう、その人のイメージとぴったり合っていたりギャップがあったりしておもしろい。「僕、枝豆の生まれ変わりなんです」とすまなそうに告白していた某女性雑誌の編集者がいたり、「おれ、とんかつの生まれ変わりっス」と堂々主張するウェブデザイナーがいたり、「パイナップルかも……」とてれくさそうに言う建築家がいたり。生まれ変わりと言い切るからには、各人、その食べ物にそうとうな愛情と責任感とを持っているのだ。ちなみに私の夫は明太子の生まれ変わりだそうだ（福岡《ふくおか》県北九州市出身）。

じゃあ私はなんの生まれ変わりかというと、これには諸説あるのだが（それだけ偏愛する食べ物が多いってことです)、去年くらいまでは「牡蠣の生まれ変わりらしい」という説が有力視されていた。ところが、過去十年間ほどの自分の食パターンや好物の名前を聞いた瞬間の血中アドレナリン分泌量などを考慮するに、どうやら前世の真の姿は、「ひょっとすると、餃子なのではないか……」という新説が浮上した。いまだ学会発表にはいたっていないが、わが旅人生においてどれほど深い餃子との交流があったのか、今回は検証してみたい。

◆

てことで餃子。いやあ、餃子とキーボードで打っただけでこんなに幸せな気分になるなんて、やっぱり私は餃子の生まれ変わりなのかもなあ、とあっさり認めたくなる。

思えば、子供の頃から肉が苦手だったくせに、餃子だけは別格の扱いだった。「今日は餃子よ」と母親に夕餉《ゆうげ》のメインを聞かされた日は、友だちの家にも遊びにいかずに、こんがり焼けた餃子クンたちが食卓に登場するのをそわそわ待っていたっけ。

大人になってからの最初のメガトン級餃子体験は、大阪・梅田《うめだ》は北新地《きたしんち》の「天平《てんぺい》」という店で。たしか社会人になってすぐくらいのときだったが、大学時代のバイト先の先輩・ユキさんが「ごっつうおいしいもん食べさせてあげるで」と、私とふたりの友人を連れていってくれた。小さな店の壁に貼られたメニューはたった三つ。「餃子」「お新香」「ビール」のみ。餃子といえばご飯またはラーメンに寄り添って出てくる、しかし場合によってはメインのラーメンよりもずっと印象に残る、香川照之《かがわてるゆき》か余貴美子《よきみこ》のごとき名優だと思いこんでいた私は、「餃子がいきなり主役を張っている！」と衝撃が走った。が、驚いたのはそのさき。「さ〜てと……」と席につくやいなや、ユキさんはカウンターの中の大将に向かって言い放ったのだった。

「とりあえず、百個で」

ええ!?　百個!?　二十個とかふた皿とかじゃなくて百個!?　私が泡を吹きそうになったのは言うまでもない。だって四の五の言わずにいきなり百個だよ、そんな夢みたいな話があっていいのか？　しかもいまユキさん、「とりあえず」って言ったよね？　つまりまだそのあとも注文するかもってことだよね？　てことは二百個とか三百個とか食べちゃうかもってことだよね？

かなり目を白黒させていたのだろう、私に向かってユキさんは言った。「大丈夫やて、ここの餃子はひとり百個くらいが普通やねんから」。ってマジですか!?

この店の餃子はいわゆるひとくち餃子のたぐいで、パリッパリに焼けた表面がいい具合にくっつき合ってずらりと並んで出てきた。二個で一個分くらいの大きさ。しかも、う、うまい！　皮は熱々、中身はジューシー。一口で食べられる上に、ご飯だの麺だのお腹にたまる炭水化物がないから、んもう入る入る。気がつけば四人で二百個制覇。思えば、あのときに「私の前世の姿が見える……」と予感したような。

それ以来、旅先で食するのに外せないメニューとして餃子が急速に台頭した。もはや本書のレギュラー出演者となった旅仲間の御八屋千鈴も、本人は自覚してはいないが、実は餃子の生まれ変わりなんじゃないかと私は目している。もとはひとつの鉄板の上、隣合わせに肩寄せ合って焼かれた同士だったのかもしれない。そう思えば、何ゆえにここまでしつこくふたり一緒に旅をし続け、うまいもんを求めてさまよい続けているのか合点がいく。そんなわけで、「ぼよグル」の目的地を決めるのに、「うまい餃子を食べれるところ」というのは重要な判断材料のひとつになっている。

昨年のゴールデンウィークのぼよグルも、「屋台の餃子がめっぽううまいらしい」というので、目的地に高知を選んだ。高知市訪問の前後に、室戸《むろと》岬のエステ付きリゾートホテルとか四万十川の公共の宿など、魅力的な行き先をくっつけようとしたのだが、すべてにおいて優先されたのは「屋台の餃子」だった。ゴールデンウィークなので人気の宿は予約が難しい。予約できる日を優先すると、高知市に立ち寄るのが日曜日になってしまう。そうすると屋台が閉まっている。それではいかん、ということで、終始旅のプランの中心に置かれたのは「屋台の餃子」。そうまでして行った高知で、私たち餃子シスターズは、桂浜《かつらはま》を見るわけでも坂本龍馬《さかもとりょうま》の生家跡を見るわけでもなく、スーパー銭湯へ行って汗を流し、マッサージを受けて、万全の体調で屋台の餃子に挑んだ。しかもお目当ての屋台「松ちゃん」に開店時間五時きっかりに到着するようにスケジューリングして。ここまで餃子にかけた人生、はたして報われるんだろうか。

が、屋台の餃子は噂に違わず、いや、想像以上に……はあ……うまかった！　皮のパリッパリ具合、焼き具合は言わずもがな。ほどよい大きさ、ふくよかさ。熱々の中身、肉とニラとにんにくの比率も絶妙。はふはふとかじれば、とろける肉汁が口の中いっぱいに……のあ～っ！　書いてるだけで悶絶《もんぜつ》だ、こりゃ。

いまのところぼよグル餃子部門では、あの高知の屋台餃子に勝るものはなし。しかし、いつなんどきあれを超える餃子界の巨匠に出会うかもしれぬ、と旅先での餃子店チェックは怠らない。

先日も餃子で町おこしをしているので有名な某地方都市へ「いざ！」とばかりに千鈴とともに出向いた。なにせ駅前に「餃子像」なるものがあるほど餃子に力を注いでいる町である。ここでこそ巨匠に出会えるかも、と思わずスキップで「とある有名店」へ向かう。ところが、店の前には信じがたいほどの長蛇の列。なんと二時間待ちだという。いくら餃子の生まれ変わりとはいえ、空腹のまま二時間待ちには耐えられないふたりである。仕方なく近くにある「そこそこに有名店」に鞍替えした。それでも三十分は待っただろうか。空腹もＭＡＸ、これでおいしく感じないわけがない。さあさあさあ！　と意気ごんで着席。そして出てきた餃子は……。

「…………」

千鈴も私も絶句。うまくて絶句、じゃない。その逆、だったのだ。口にしたとたん（こ、これは……）と我が舌を疑った。生焼けの皮、ぬるい具、人工的な調味料の味。友を見ると、顔から表情が失せている。ああご先祖さま、なんてことでしょうか。ぼよグルで、まずい餃子。餃子シスターズ揃《そろ》ってるところで、まずい餃子。生まれ変わりなのに、まずい餃子……。結果、この「某地方都市で食べた某餃子店の餃子」の一件は、ぼよグル闇のアーカイブに葬られることとなった。今後、永遠に語られることはないだろう。

◆

ところで私は自分の前世の生まれ故郷に里帰りしたことがある。などと書くとなんのこっちゃわからないが、つまり、餃子誕生の地・中国は西安《せいあん》に行ったことがあるのだ。日本に留学していた西安出身の友人、郭嘉《かくか》くんの実家に遊びに行ったのだが、実は行ってから「餃子のふるさとは西安だったのか」と気がついた。郭嘉くんのお父さんが「西安名物のレストランにお連れしましょう」と連れていってくださった場所が、通称「餃子城」。これにはあっけにとられた。

そこそこに大きなビルの一階から六階まで、ぜ〜んぶ餃子の食堂。入り口では「餃子城的吉祥物字府（餃子城のマスコットキャラ）」、巨大な餃子クンがどどーんとお出迎え。その前で郭嘉くん、お父さんとともに記念写真をパチリ。チャイナ服を着たお姉さんに導かれてエレベーターで六階へ。円卓と椅子以外何もない個室に通されたあとは、汗びっしょりで餃子と格闘の百二十分一本勝負。いやあ、出てくる出てくる、餃子餃子餃子餃子。西安で餃子といえば蒸し餃子のことらしいのだが、円卓上に次から次へとフルスロットルでせいろが並べられる。餃子の皮は白、黄色、エメラルド、ピンクなどなど。中身は豚、牛、羊、鶏、鴨、アヒル、野菜、アンコなどなど。味は中身によってけっこう違うから、興味津々で食べまくる。ちょっとクセのある肉の味も、好みのタレでおいしく感じられる。やはり豚が直球でうまい。アヒルなんかもなかなかイケた。アンコは大福みたいで歯ごたえもあり◎。タレも辛いの甘いの酸っぱいの、実に色々な種類が出てくる。最後には「真珠餃子」とかいう、西太后《せいたいこう》のために作られた高貴な餃子まで登場した。この演出がおもしろかった。まず、部屋の照明を

落として暗くする。ぐつぐつに煮えたぎる鍋の中には真珠くらいの大きさの小粒の餃子が入っている。これを暗い中で椀《わん》に取り分け、各自の椀に入っている餃子の数で占いをする、というもの。ひとつなら一路風順（何事もうまくいく）、ふたつなら双喜臨門（ふたつの喜びが同時にやってくる）……という具合に。ちなみに私の椀にいくつこの餃子が入っていて、どういう結果だったか、残念なことに覚えていない。たぶん、餃子の城＋餃子の宴＋餃子の舞で浦島太郎気分になってしまっていたのだと思う。

考えてみると、シルクロードの起点で生まれた食べ物が、やがて日本に渡り、平成の世、屋台で焼かれたり町おこしに使われたりしている。なんとも不思議でありがたいことではないか。そう思えば、餃子の生まれ変わりでよかった、としみじみ思う。

ということで、検証の結果、わたくし晴れて餃子の生まれ変わり宣言をいたします。来年あたりは「スパゲッティ・ナポリタンの生まれ変わり」とか言ってるかもしれないけど。

千鈴's　EYE

全国を旅して食べた餃子《ギョーザ》のなかで高知の「松ちゃん」がナンバーワンだと確信

している。屋台なのでフライパンで作っているのだが、焼き具合が絶妙。「あの店の名前なんだっけ?」と聞かれることもあるのだけれど、記憶力が衰えてくるなかでもその名は忘れられることなく「ぼよグルヒストリー」に深く刻まれている。

高知といえばカツオのたたき、と思うのが普通だが、なぜか美味しい餃子に出会うというのがぼよグルの醍醐味なのです。

それとは反対に栃木県の有名な都市で食べた餃子は唸るほど美味しくなかった(笑)。ぼよグルの晴天率が95%、雨天率5%なのと同様、美味率95%、不味率5%。あの餃子は5%の方にランクされることは間違いない。

12 遠野の座敷童

初めに言っておくが、私はべつだん霊感が強いわけではない。しかしながら「霊的な存在」についてはどちらかといえば信じるし、聖地と言われる場所、古くからそういう言い伝えのある場所に行けば敬意を持って接するようにしている。

私が旅先でよく行く場所第一位はまちがいなく美術館だといままで思っていたが、ひょっとすると神社仏閣かもしれない。なぜなら美術館は各県・市レベルで造られたわけだけれど、神社仏閣は町村レベルで全国に脈々と存在しているからだ。お稲荷さんや祠《ほこら》になれば路地レベルで存在している。つまり日本全国いたるところに霊的なスポットがあり、旅をすればそういう場所に行きあうし、引き寄せられる気すらする。全国あちこちの神さま仏さまにごあいさつして回りながら、こんなにたくさんの神仏に守られている日本という国の心の豊かさを思う。

神仏が祀《まつ》られている場所は言わずもがな「気」が強いスポットで、私はこういう場所に行くと必ずじんじんと磁力のようなものを感じる。数年まえまではさして何も感じなかったのだが、最近は「気」の強いところへ行くと、急に頭痛がしてきたり、強烈に眠くなったりする。これは神社仏閣に限らず、たとえば戦跡だとか、お墓（文士や芸術家の墓参りは旅の目的のひとつでもある）だとか、聖地と呼ばれている場所だとかで顕著に起こる。逆に、大変良い「気」が流れている場所にいくと、天上にいるような、なんともいえぬやすらかな感覚に体じゅうが満たされる。

つい先日も沖縄に出かけ、さまざまな場所でこの「気」を体験してきた。沖縄戦で激戦地となった場所に行くと激しい頭痛に苛《さいな》まれたし、神様の降り立つ島として名高い久《く》高島《だかじま》の聖地「御嶽《うたき》」参りをしたときはいまにも倒れてしまいそうなほど眠くて仕方がなかった。土地の「気」を感じるという知人にそのことを話すと、その人もそういう場所に行くとやはり私と同じような変調が体に起こると言っていた。

不思議なもので、「良い気」「悪い気」「強い気」によって、体に起こる変調が明らかに違う。それで「ひょっとすると私は場所の『気』みたいなものを感じるようになったんじゃないだろうか……」と薄々気がついた。でもまあ、それも、あくまでも「なんとなく」なので、霊感が高まったとか悟りを開いたとか、たいそうなものではない。

しかし「なんとなく」ながらも、場所の「気」を感じるようになってから、不思議な体験をいくつかしたのも事実だ。以下にその体験談を記す。小心者のかたでも安心して読める怖さレベルなので、ここでページを閉じないでくださいね。

◆

いまから五年ほどまえのこと、ゴールデンウィークの「ぽよグル」のために、私と御八屋千鈴は富山の魚津にやってきていた。このときは物書きをやっていたわけではないが、すでに千鈴とともに全国行脚に乗り出していたのだから、我が身の天性のフーテンぶりに少々あきれるが、まあとにかく、ふたりで「トロッコ電車に乗ろう」と、山間《やまあい》の温泉旅館に泊まった。この場所自体は輝くばかりの新緑に囲まれ、なんともすがすがしい空気に満ちあふれたところだった。

ところがその日、昼間に魚津在住の知人宅でガーデンパーティーがあり、子豚の丸焼きだのタラバ蟹の丸焼きだの、およそ北陸とは思えないようなワイルドな料理を振る舞われ、どうやら食べ過ぎで具合を悪くしてしまった。夜半に発熱し、翌朝になっても、とてもじゃないがトロッコ電車に乗る元気など出なかった。せっかく楽しみにしていた千鈴に申し訳ないと思い「ひとりで行ってきて、どんなだったか教えて」とお願いした。それじゃあと千鈴はひとりで出かけていった。

私は八畳間の和室の真ん中にふとんを敷いたまま、チェックアウトぎりぎりまで休んでいようと、ふとんの中で右側を下にして横向きに寝ていた。なぜふとんの中でのポーズまでよく覚えているかというと、次の瞬間にとんでもないことが起こったからである。

うとうととまどろんでいると、突然、がばっと背中からふとんがめくり上げられ、ぎょっとなった。そして驚くべきことに、誰かがふとんの中にさっと入ってきて、ぴったりと私の背中に抱きついたのだ。長い髪の先が、ぱさっと頬《ほお》にふりかかった。背中がひやりとして、一瞬で私の心臓は完全に凍りついた。体は硬直して声も出ない。これはヤバい。ぞおっとなった。

祈れ！——と私の本能が叫んだ。何をどう祈ったらいいのかわからなかったが、とにかくこの人（ユーレイ）のために祈るんだ！　と思い、心の中でお経をけんめいに唱えた。ふだんはお経の文言などすっかり忘れているのに、人間、ピンチのときには自然と出てくるもんだなあ……とは後日の感想で、そのときはもう、無我夢中でお経を唱えた。目を開けたらすごく怖いものを見てしまいそうで、絶対に見るな！　とまた本能が叫ぶ。鍵《かぎ》を閉めたはずの入り口のドアが、ばったんばったんと開いたり閉まったりする音が響く。そのうちに、今度はもうひとり、誰かが私に馬乗りになって、ぐう〜っと力を入れてくる。背中と、上と、両方からの強烈な圧迫感。

しかし、私は耐えた。なぜだかわからないが、ここで逃げてはいけない（逃げられないけど）という気がした。私はひたすら、この得体の知れないもののために祈った。どうしてだかわからないが、あなたたちは大丈夫です、というようなことを心の中で語りかけた。怖いと感じたのは最初の瞬間だけで、そのあとはこの状態に身を任す、という感じだった。

どのくらいその状態が続いただろうか。突然、ふっと体がほどけた。がばっと起き上がると、誰もいない。開いたり閉まったりしていたドアにも鍵がかかったままだった。

不思議なことに、すっかり熱は下がっていた。トロッコ電車から帰ってきた千鈴は、私が妙に元気いっぱいになっているのを見てびっくりした。さらに「ユーレイが出たよ」と、私がけろりとして言うので、いっそうびっくりしていた。

そのあと千鈴と駅で別れた私は、悪いものがすっかり落ちてしまったように、ものすごく気分が爽快《そうかい》になり、きらきら輝く五月の光を浴びて、新《にい》潟《がた》経由長野《ながの》へと、まったく懲りずにひとり旅を続けたのだった。

長野の親戚《しんせき》の家に立ち寄ってこの体験談を話すと「そりゃあ座《ざ》敷童《しきわらし》なんじゃないの」と言われ、そうかもしれない、と思った。背中に抱きつかれたのは確かに大人の女性だったが、何かとてつもなく良いものをもたらしてくれたような気がしてならなかった。その年末に、初めて書いた小説が賞をいただいたことを思えば、やはりあれは良い

ものだったのかもしれない。

そしてその数年後のゴールデンウィーク。私は正真正銘の「座敷童のご出現」を体験することになった。何をもって正真正銘の座敷童か、と言われれば、なんの確証もないのだが、とにかく「座敷童が出るというので有名な岩手県遠野市の民宿」に泊まりにいったのだ。去年、取材のために編集者のWさんとともに出張した遠野で、偶然「座敷童が出る民宿」を紹介された。遠野市の観光課の方が案内してくださったのだが、「座敷童に会いたいですか?」と訊かれて、「会いたいで〜す!!」とWさんとともに唱和した結果、そこへ連れていってもらったのだった。その名もまんま「民宿わらべ」。ところがあまりの座敷童人気で、わらしちゃん（遠野の方々はこう呼んでいる）がご出現する部屋は向こう一年予約が取れない。

「じゃあ来年必ず泊まりにきます!」と迷わず予約を入れて帰った。

そして、Wさんも私も、さまざまな仕事をなんとか調整して、約束通り再び「わらべ」へ出向いた。ちなみに、今回は中学時代からの友人・つんちゃん（大阪在住）と、夫も参加。六畳一間に女子三名と男子一名、うち三人はほぼ初対面という、普通ならあり得ない状況でふとんを並べ、夜を迎えた。

ところでこの「わらべ」はものすごくおだやかで良い「気」が流れている。去年、一歩足を踏み入れただけでそれを感じた。そして宿のお父さん、お母さんがえびすさまと弁天さまのように福々として、なんとも良い「気」を醸し出している方々なのだ。だから、わらしちゃんがご出現しようとしまいとこの宿に泊まる価値はある、と直感した。

わらしちゃんの部屋には、わらしちゃん会いたさに宿泊客が貢いだ人形（ドラえもんやピカチュウなどのキャラクターグッズ）や赤いパジャマ（わらしちゃんは赤い着物を着ているそうな）が棚いっぱいに飾ってある。私たちはそれを頭上にして横になった。全員緊張しているはずなのに、ほどなく誰もがすやすやと寝てしまった。

そして夜中の三時頃、ピピピ……と聞き慣れない電子音が人形の棚から聞こえ始めて目が覚めた。音は三十秒ほどでぴたりと止まった。もしや？　と思った瞬間、頭上の棚からひゅんっと何かが飛び出してくる気配があり、私とWさんのふとんの間のわずかな隙間《すきま》にどすん、と降りた。うわっ、キタッ！　と私が次の瞬間にしたことは、願い事。流れ星か!?　とツッコミたくなってしまうが、とにかく、いまだっ！　とばかりにこの瞬間のためにと準備してきた願い事をした。そしてそのまま、またぐうぐうと寝てしまった（我ながら太っ腹）。

すばらしかったのは、そのあとに見た夢。ずばり「お赤飯」の夢だった。ほかになんにもない、ただおいしそうなお赤飯がほかほかと湯気を立てている、それだけ。目覚めたとき、「やったぞ……」と妙な達成感があった。

Wさんやつんちゃんに訊いてみると、「電子音は聞こえたが『どすん』の音は聞かなかった」と言う。夫にいたっては「寝ていてなんにも聞こえなかった」と。この男がいちばんの太っ腹だな。

あの電子音ははたしてどこから聞こえてきたのかと、女子三人で棚の上のおもちゃをすべて点検してみたが判然としなかった。目覚まし時計があるわけでもなかった。まったく不思議だったが、それ以上追及するのはやめにした。せっかくの神秘体験、ミステリアスなままにしておいたほうがお得な気がして。

弁天さまのようなおかみさんに「わらしちゃんが出ました」と告げると、「よかったねえ」と喜んでくれた。他の宿泊客には「おめでとうございます」と祝福され、なんだかいい気分。このさきいいことが待っている、そんな気持ちでいっぱいになった。

ちなみに、わらしちゃんのご出現の際に秒速で念じた「願い事」の内容はヒミツ。人に教えるとかなわないかもしれないし。ってけっこう本気で願ったんだなあ、私。

わらしちゃん、あの夢の意味、いつか教えてね。

13　高原リゾートハイ・アンド・ロー

旅をするとき、私はいつも、「ハイ・アンド・ロー」を楽しむことにしている。

私個人の定義になるが、対極の立ち位置にあるホテルや食べ物や買い物、そして体験を、同じ旅の中でいっぺんにしてしまうのが、旅のハイ・アンド・ローだ。めっちゃゴージャス！　と思わず悦に入ってしまうような贅沢《ぜいたく》な体験。一方で、見知らぬ地元のおばさんに「ねえねえ、こんなに安くっていいんですかこれ!?」と言わずにはいられなくなるようなお得な体験。この相反するふたつの体験を享受する。

もとより、私は、贅沢旅をするようにはできていない。そりゃあ、某婦人雑誌が提唱しているような「エレガントな大人旅」に憧れはする。白い細身のパンツにシャネルのジャケット、特大バーキンに一泊二日のおしゃれ着を詰めこんで、ゴルフ焼けした夫が運転するメルセデスに乗って、伊豆の老舗《しにせ》旅館に乗りつける――なんていう人も、広い世界には何人かいるんだろうなあ。

私の場合、バーキンもメルセデスもないが、キャリーケースを引っ張り電車とバスを乗り継いで、伊豆の老舗旅館に泊まったことはあるんだけど。

「ハイクラスオンリー」な旅は、きっと窮屈でリラックスできないだろう。かと言って、この歳になって「完全無敵な低予算旅」というのは寂しすぎる。青春18きっぷで普通電車を乗り継ぎ、殺風景なビジネスホテルに投宿し、近所のファミレスで夕食を……なんて、かなり泣きたい設定だ。庶民的な旅でもいい、でもその中にちょっとだけハイクラスな何かを紛れこませる。「ハイ」と「ロー」の絶妙なバランスで成り立つ旅こそが、きっといちばん居心地がいいはずだ。

◆

このように、旅においては「ハイ」ばかりでなく「ロー」な部分にも愛着を覚える私だが、その昔会社員だった頃、限りなくハイクラスな旅をしたこともある。自力ではなく他力で。

かつて勤務していた会社の社長夫妻が、美術館を設立するにあたり、リサーチと人的ネットワーク作りのために世界各国の美術関係者やコレクターに会いに海外行脚を敢行されたことがある。社長は正真正銘のエグゼクティブで、その令夫人はエレガントで凛《りん》とした風格の大人の女性。お目にかかる方々も、当然ながら超リッチ、超セレブな面々ばかり。超一流ホテルに泊まり、超一流のレストランで食事し、超一流のサービスを受ける。各国各地に商社の支店長だの領事館員だのが夫妻の到着を待ち受けている。三十ン歳だった随行スタッフの私は、ひたすら背伸びで愛想笑いの連続。緊張で三ツ星レストランの食事も喉《のど》を通らないし、四ツ星ホテルのベッドでも眠りは浅い。んもう、苦しいのなんの。思い起こせばあの頃だった。ヒール十㎝のグッチのパンプスを履き、資料でパンパンに膨らんだプラダのバッグを肩から提げ、「ミロのヴィーナスはこちらでございますっ！」と夫妻の先回りをしてルーヴル美術館を駆け回り、階段を踏み外して、ぐっきッと足首を挫《くじ》いたのは。……情けないのを通り越しておもしろいくらいである。

私のような平々凡々、ごくフツーの経済感覚を持った人間が、他力ながらも正真正銘のハイエンドを体験してしまうと何が起こるか。「私はゴージャスな旅しかもう受けつけないのよ。四ツ星ホテルに三ツ星レストラン、計七ツ星以外はごめんだわ」などというキャラに変容すれば、まんま白鳥麗子になれるんだろうけど、それがまったく違うベクトルに動いたのだ。

さんざん他力でエグゼクティブな旅を体験させていただいた私は、その後、以前にも増して「ロー」なものがたまらなくいとおしくなってしまった。着心地のよい服に身を包み、ローカル線を乗り継いで、ローコストな宿に泊まり、お値打ちの民芸品などを見出して買い求める。これこそが、私のいちばん好きな旅のあり方だ、と思う。ただし、ところどころに旅先の豊かさを感じさせてくれる「一品ハイクラス」なものが交ざっていればありがたい。三泊四日の旅であれば、一泊くらいは名旅館に。三食の食事のうち、一回くらいは地元の有名寿司屋のカウンターで。買い求める民芸品も、ひとつくらいはずっと欲しかった作家のものを。洋服も、一着だけ、ディナー用のワンピースを持っていく。そんな感じで、気軽な旅にちょっとだけ「ハイ」を混在させる。そうすることで、旅はいっそう楽しくなる。

◆

さて、「フーテンのマハ」のレギュラー御八屋千鈴とふたりで日本各地を巡る旅「ぼよグル」には、常に「ハイ・アンド・ロー」が組みこまれている。高級旅館で粋なサービスに身も心もゆだねてぼよよん、とくつろぐことも多いが、展望浴場付きのリーズナブルなビジネスホテルに泊まって「やっぱり大きいお風呂はええなあ」と開放感を味わうこともある。一流の割烹で地元の鮮魚に舌鼓を打ち、翌朝は商店街の片隅の純喫茶でモーニングを食す。駅ビルの無印良品で大幅値下げしたレギンスを買ったあと、地元の若者が集まるおしゃれストリートで正札の付いたワンピースを衝動買いする。そんな具合で、万事、バランスよく、ハイもローも楽しんでいる。

とある夏も、千鈴とともに長旅に出かけた。五泊六日の日程で、テーマは「新潟から攻め入る高原リゾート」だった。今年は猛暑ということもあり、海抜千m以上の場所に避難したい気持ちになった。旅のオープニングは新潟市内で、例のごとく大浴場付きビジネスホテルに泊まって、昼は寿司屋のランチ、夜はB級グルメでいく。そのさきは名旅館、高原のリゾートホテルと宿泊先のグレードを上げて徐々に盛り上げる、というプラン。先に「ロー」がきて、あとになるほど「ハイ」になる、というのがツボだ。

新潟での初日はギアをローに入れ、そして二日目、岩室《いわむろ》温泉にある名旅館「ゆめや」に投宿。部屋、サービス、温泉、そして料理、すべてに星五個提供したいようなすばらしさだった。すっかりいい気分になり、そのままローカル線で妙高《みょうこう》高原へ。昭和十二年創業、二〇〇八年にリニューアルした「赤倉《あかくら》観光ホテル」に泊まった。

このホテルで、千鈴は、すっかり高原リゾートにご満悦だった。都会の喧噪《けんそう》も仕事もしばし忘れて「ああ、ほんまにええところやなあ……」と、すっかり「エレガントな大人旅」を満喫。青い草原を見渡す露天風呂付きの部屋でのんびり。皇族方も食された由緒正しきフレンチを食べるにあたっては、いつもの「ぼよ着」（しましまのスウェットパンツとTシャツ）ではなく、おしゃれワンピを着て臨んだ。私たちもこんな贅沢ができる年頃になったのね……と、かなりいい気になってしまった。この先は「ロー無しハイ尽くし」でもいいかも、などと。

それがいけなかったのだろうか。翌日、急転直下のできごとが、道行きふたりを待ち受けていた。

すっかりいい気になったまま、次の日、私たちは野尻《のじり》湖畔の瀟洒《しょうしゃ》なホテル「A」に投宿した。これまた由緒正しきホテルであり、やはりリニューアルされたかなりカッコいいホテルだ。しかもアップグレードしてセミスイートルームに通してもらうラッキーぶり。

が、残念なことに温泉がない。そこは名ホテル、「ご希望の方は、一日二回、提携旅館の温泉へ送迎付きでお連れします」と言うではないか。なんという気の回し方。四時半出発の先発組で即予約した。

勇んで送迎バスに乗りこむと、バスには「おしゃれホテルで豪華な一泊、しかも温泉付き!!」に心浮き立たせている十数名の大人客が出発を待っている。誰もが某女性雑誌の「エレガントな大人旅」を思い描いているに違いなかった。そう、このバスをメルセデスと思えばいいのだ。檜《ひのき》の香りに満たされた広々とくつろげる温泉が行く先に待っている。ああ、夢のリゾートよ。

バスに乗ること二十分。「はい、着きました〜」と運転手に促され、出てきた我らの目の前には、見たこともないようなおんぼろ旅館がずう〜んと屹立《きつりつ》していた。私たち十数名は、「………」と一瞬にして絶句。「はい、こちらです〜」と某量販店で揃えたふうな服装の女将さんが中へと誘導する。有無を言わせずトイレ用っぽいスリッパを履かされ、奥へ奥へと誘われる。四畳半一間のような脱衣所で、全員いっせいに脱衣。一挙に詰めかけた浴室は、ちょっと大きめなフツウ過ぎる風呂。十数人がわーっと入ったら芋の子を洗う桶《おけ》と化す。まったく落ち着いて入っていられない。

あきらめて、やはり全員いっせいに風呂から出る。いっせいに着衣し、いっせいにロビーへ引き上げる。全員無言。この時点で、大人旅のスイッチは完全に落ちていた。一刻も早くここから逃げ出したい……と誰もが思っているのがわかる。そしてロビーへと戻って来た瞬間に、私たちが見たものは……。

「はあ〜い、みんな静かにっ！　いいかあ、風呂は五時半からだぞ！　ルールを守って入るように！」

　ロビーをうわ〜っと埋め尽くしていたのは、なんと中学生の一群だった。どっからどう見ても中学生、汗でどろどろに汚れた純情男女三十名。ギラッギラに熱気を発している。その臭いと暑苦しさに、さっき風呂から上がって来た全員が「うっ！」と体をのけぞらせる。千鈴にいたっては、もうどうしたらええねん？　とその場に凍りついてしまっている。中学生たちがどやどやと奥へ移動するのを見て、「あの子たちと、お風呂一緒じゃなくてよかったわね……」と年配の女性がひと言。いや、まったくその通り。

五時二十分、ようやく迎えのバスが来た。ああようやくおしゃれな空気の場所に帰れる、と全員ほっとした表情になる。早く乗ろうとバスに近づきドアを開けると……。

「はい、着きました。降りてくださ〜い」

さっきの運転手の声がして、中からどっと客が降りてきた。私たちは誰もがぎょっとした。そうだ、この人たちは一日二回ある温泉への送迎「二回目組」の人々。つまり五時半になれば、あの芋を洗う桶のような風呂場で、汗と純情にまみれた中学生と鉢合わせる運命の人々……。

先発隊は、全員無言のままでバスに乗りこんだ。

「あたし、あの人たちの顔、よう見んかったわ……」

帰りのバスで千鈴が言った。私もまったく、同感だった。究極のハイ・アンド・ロー。私たちには、やっぱりこれがお似合いなんだな。

高原リゾートとか言って、いい気になるなよお前たち。そんな囁きが、どこからか聞こえたような。

14　親切なおじさんはタクシーに乗って

　どうしてなのだろう、私は旅先で必ずと言っていいほど印象深い「おじさん」に出会う。もちろん、印象深いおばさんにも出会うけれど、圧倒的に印象深く、親切で、かつおもしろいのはおじさんなのだ。どういう法則が働いているのかわからないが、旅先で、いい人だなあ、おもしろいなあ、ときにヘンだなあ、と感じるのはおじさんが多い。見知らぬおじさんとの偶然の出会いが、そのまま人生を変える出会いになってしまったこともある。

　私が小説を書き始めるきっかけになったのが、旅先でのある男性と「犬」との出会いだった。物書きになるまえから、私はなんのあてもなくぶらりとフーテンの旅に出るのが常だったが、そのときも、もともと行く予定ではなかった沖縄の伊是名島《いぜなじま》という離島を訪れた。その前日に泊まった民宿の女将さんが「いいところだから行ってごらん」と勧めてくれたのだ。それじゃあ行ってみようか、と出かけたところ、美しい浜辺で黒い犬と戯れる男性と出会った。と書けば読者の皆さんの脳内には玉山鉄二《たまやまてつじ》的イケメンが登場するかもしれないが、当然ながら一般人のおじさんだった。すごいのは犬のほうで、おじさんがサンゴの塊を海に投げると、ザンブと飛びこんで回収してくるのだ。私は目をみはり、しばらく眺めていたのだが、ついに好奇心に抗《あらが》いきれずに話しかけた。「すごいですね、このワンちゃん。なんていう名前ですか?」。するとおじさんは応《こた》えた。「カフーです」「おもしろい名前ですね、どういう意味ですか?」「沖縄の言葉で『幸せ』という意味ですよ」。その瞬間に、なにやら霊感じみたものが、すとーんと私の中に落ちてきた。沖縄の離島の浜辺で、「幸せ」という名の犬に出会ってしまった。まさにこの瞬間、わがデビュー作『カフーを待ちわびて』が芽吹いたのだった。この島人おじさん、名嘉《なか》さんのネーミングセンスが、私の作家人生を決定づけたと言ってもいい。何しろ、このとき出会った犬の名前が「クロ」とか「ジョン」とか「シーサー」とかだったら、きっと私はなんの霊感も得ることなく、小説を書き始めるにいたらなかっただろう。

沖縄では、土地柄のせいか、ほかにもさまざまなおもしろいおじさんに出会った。漁師のカツオさんも忘れられないひとり。何しろ名前がカツオさん。素潜り漁の名手で、「おれは魚の友だちだからさ」と言う。友だちなんだけど獲って食べちゃうのだ。このカツオさんとは前述の民宿で出会ったのだが、めちゃくちゃ濃い眉毛《まゆげ》と凹凸の激しい目鼻立ち、筋骨隆々、真っ黒に日焼けしていて、まったく年齢不詳の上、国籍もわからないくらいだった。べらぼうに酒が強くて、三線《さんしん》も歌もうまい。さぞや女性にモテるだろうなあ、と思っていたら、一年後に再会したとき、妙齢の女性を連れていた。くだんの民宿の女将さんによると、女性は神戸《こうべ》出身のバツイチで、傷心を抱えて沖縄旅行をしていたところ、カツオさんと巡り会ってしまったのだという。ちなみにカツオさんは堂々のバツヨン。魚ばかりではなく、女性をモノにするのも名手のようだ。カツオさんは作家デビューをして沖縄に戻ってきた私のために、「カフー節（幸せ音頭）」なる民謡を披露してくれた。まったくめでたいおじさんであった。

「バツゴ」と言う沖縄おじさんにも会ったことがある。かなりヘンなおじさんで、その名も「キャンディ」。漁師とダイビング指導と携帯電話の販売をしているという。「体験ダイビングしない？」と誘われて、私はこのおもしろそうなおじさんをレンタカーの助手席につい乗っけてしまった。はたしてダイビングスポットへと移動しながら聞いた話が強烈だった。キャンディには子供が五人いるのだが、全員母親が違うということだった。「おれいま四十七歳だけどさ、長女は三十六歳なのよ」となぇ。ええ!?　「それがさあ、相手はピアノの先生だったわけさ」と言う。ピアノってとこが嘘っぽいけど、一気に妄想が加速してしまった。

◆

全国を旅して回りながらよく思うのは、地方に行くと、おもしろいおじさんもさることながら、親切なおじさんが多いな、ということ。都会ではおじさんとふいに接触することが少ないからか、「近ごろのおじさんって親切だなあ……」としみじみ思うことなどない。地方に行けば、道を尋ねたり、ちょっとしたピンチに遭遇したりしたときに、通りすがりのおじさんに助けを求めると、すんなりと手を貸してくれることがよくある。食堂に入っても、電車やバスに乗っても、親切なのは、なんだかいつも「おじさん」なのだ。

去年の夏のことだが、私は例によって御八屋千鈴と「ぼよグル」で東北を訪れていた。とあるローカル線の駅で電車の待ち時間が小一時間もあった。さして見所もないうら寂しい町で、私たちは仕方なく駅前のハンバーガーショップに入った。マクドナルドとかロッテリアとかではない、ごく地味な店だった。店内は閑散としていて、その町そのものの寂しさがあった。ハンバーガーショップといえば若者が「いらっしゃいませこんにちは！」と元気よく声をかけてくるものだが、この店は違った。エプロンをつけ、小さな帽子を頭にちょこんと載っけたおじさんが、「いらっしゃいませ」とていねいに頭を下げた。会社にいれば部長レベルの年齢のおじさん。一瞬違和感を覚えたが、私はフライドポテトとコーンスープをテイクアウトで注文した。サンドイッチを持っていたので、電車の中でランチとしゃれこもうと思ったのだ。するとおじさんが「これから電車に乗られるんですか？」と訊く。そうです、と答えると、「その電車に乗る直前にスープとポテトをお作りしましょう」と言う。あつあつがおいしいですから、と。私は、なんというか、そのひと言に心底感動した。前述したが、私はなんであれ、熱い食べ物はあっつあつで食べることを主義としている。だからおじさんの申し出はすなおにうれしかった。そして自店のものをおいしく食べてもらいたい、という心意気も、電車待ちをする旅人への配慮もうれしかった。おじさんがどういう理由でその店で働いているのかはわからない。けれど、私はこういう心意気と親切心を持ち合わせたおじさんがいるその町に、ことさらの親しみを感じることができた。その日の車内でのランチが特別においしいものとなったのは言うまでもない。

◆

地方での親切なおじさんは、タクシーに乗ってやってくる。つまり、タクシーの運転手さんだ。

地方の運転手さんは情報の宝庫だ。ネットなんてとてもかなわない生の情報をわんさか持っている。ときには町の歴史や名士の話、最近起こった地元の出来事なども開陳してくれる。たとえ1メーターしか乗らない場合でも、私は必ずなんらかの情報を運転手さんから引き出そうと試みる。だって、生きたガイドブックをみすみす広げないなんてもったいないじゃないか。

先日、現代アートのイベント「瀬戸内国際芸術祭」を訪れた。瀬戸内の島々にアートが展示され、船で巡りつつアート三昧、という楽しい企画。友人でキュレーターの高橋《たかはし》瑞木《みずき》ちゃんとともに高松《たかまつ》入りした。高松からフェリーで島々へ渡る、という段取りだったが、腹が減ってはなんとやら、まずはうどん屋に直行することにした。瑞木ちゃんは高松うどん初体験で、私は二度ほど経験済みながら、ここぞという店にはまだ行き当たっていない。今日は外したくない、という思いから、あえてタクシーで行こう、ということになった。そう、タクシー運転手さんと麺とのあっつい関係を私は知っていた。全国のタクシー運転手さんの99％には行きつけの麺の店がある（たぶん）。いわんや高松の運転手さんをや。行き当たりばったりに乗ったタクシーで、即座に私はネット検索済みのお目当てのうどん屋「竹清《ちくせい》」の名を告げた。すると運転手さん、「おいしいうどんが食べたいんじゃったら……いろいろあるよ」と、すっと後ろ手に雑誌を手渡した。表紙には「麺通団」とでかでかと書いてある。おおっ、これは伝説の四国うどん通雑誌ではないか！

「『竹清』は混んどったら、店の並びの角を曲がって列が並んどる。ほしたらあきらめたほうがええ。そのかわりに、わしがこのへんで一番じゃと思うとるうどん屋に連れていっちゃるけえ。そこは『誠うどん』ちゅんじゃけどな……」

そして運転手さんのうどん講義が始まった。高松の女性は嫁入りのときにうどんを打つ棒を持たされたもんじゃ。うちのカミサンもこれだけはちゅうて、実家から棒を持たされたんじゃ。その棒を持ってうどんを叩き、足でこねるんじゃ。さぬきうどんはこしが命じゃからな。どんだけこしの強え《つ》ええうどんを作れるかが、ええ嫁かどうかの基準に

なっとったんじゃ……延々。運転手さんは講義するのに夢中になった。どのくらい夢中になったかというと、うっかり「竹清」の前を通りすぎてしまったくらいだ。私と瑞木ちゃんは、あまりの運転手さんのうどん通ぶりに、「これは『誠』にも行かねばなるまい……」と覚悟した。そう告げると、運転手さんは嬉々として、「ほいじゃあ、メーター止めて待っとるけえ、まず『竹清』で食べてこられえ」と言う。タクシーはいつのまにかうどん屋巡りのＶＩＰ車となってしまった。

「竹清」はうわさに違わずうまかった。もちもちのうどんに揚げたてのちくわ天、そして名物ゆで卵天を載っけてたったの二百九十円。こんなのアリか。その後、おじさんの指令のままに食べにいった「誠うどん」は、さらに驚愕《きょうがく》のうまさ。うどんのこしは餅《もち》かと思うほど。それに天ぷら満載で、こちらも五百円。マジですか。「『誠』の主人はヘンクツじゃけど、うどん作りの腕はすごいで」とおじさんの言った通り、ヘンクツそうなご主人が後ろ姿で黙々とうどんをゆでているのも印象的だった。

大満足で「誠うどん」を出てタクシーに乗りこみ、「いやあ、最っっっ高においしかったです！」と私たちが言うと、「そうじゃろう」とおじさん、横顔で笑う。そして、「実はあの主人な……クオーターなんじゃ」と明かす。ええ!? と私たちは驚愕した。「そういえばイケメンだった……」と瑞木ちゃんがつぶやく。いや、そっちよりも、運転手さんがなんでそこまで知ってるのか、ってほうに私は反応したのだが。

こんなに親切にしていただいて、なんとお礼を言っていいのやら。タクシーを降りるまえに、私たちが礼を述べると、おじさんは言った。「うどんさえ食べてくれりゃあそれでええ」。そんな決めゼリフ、この人生で言われたことがない。私たちはおじさんのことを「うどん大使」と呼ぶことにした。「うどん天使」でもいいかな。旅先で愛と平和を運んでくれるのは、やっぱりおじさんなのだ。

15　永遠の神戸

バブル華やかなりし頃、「新しいものをみつけに」というのが、もっぱら日本の若者たちの旅の目的だったように思う。旅に限らず、「新しい」と「高級」が、あの頃のキーワードだった。

いまの草食系若者たちには想像するのも難しいだろうが、クリスマスイブにはシティホテルのスイートに恋人と泊まり、フレンチレストランでディナーをして、ティファニーのリングをプレゼントにもらうのが、女としての最高のステイタスと言われていた時代だ。「まったり家ごはん」だの「ほっこりカフェめし」だの、そんな悠長なことを言ってたら完全に時代に取り残されてしまう。ウィークデーはガリガリ働き、週末には郊外でドライブ、スキー、ウインドサーフィン、ゴルフ。めいっぱい働いてめいっぱい遊ぶ。でもって、めいっぱいお金を使う。そういう時代だった。ちなみに、以上に列挙したやたら横文字の多いバブル的アクティビティの何ひとつ、私には経験がない。目新しくて高級なモノ、優雅でゴージャスな旅に漠然と憧れていたごくフツーの大学生だった私は、家庭の経済的事情もあって、実際にはまったくその逆の学生生活を余儀なくされていた。月七千円の風呂なし共同トイレの四畳半の下宿に寝起きし、共同の台所でコイン式ガスコンロ(十分十円くらい)を使ってキャベツを炒め、それを主菜にご飯を食べる。銭湯の二百六十円はなかなかの出費だったので、夏でも二日に一回でがまんした。そんな涙ぐましい努力をして生活を切り詰めていたので、旅行などもってのほかだった。ゆえに、友だちがロサンゼルスでホームステイしたり、ハワイでバカンスしたり、彼氏のベンツで高原リゾートホテルへドライブに出かけるのを、ただ指をくわえて眺めるばかりだった。別に望みもしないのに、自動的に「まったり」せざるを得なかったような。いや、「ぐったり」か。それとも「げっそり」かな。

友人たちがきらびやかな光の中でダンスに興じているのに、そこへひとり入っていけないさびしさ。そんな青春時代の原体験が、ひょっとすると、その後の私を駆り立てたのかもしれなかった。――古き良きモノ、ひなびた街並みや時代に取り残されたような店、変わらない場所への旅へと。

◆

私が学生時代を過ごした街・神戸は、エキゾチックでレトロな雰囲気のある街として知られる。グローバル化の進んだ現在では、何をもって「エキゾチック」というのかは不明だが、昔もいまも、どこかしら日本的ではないムードが漂っているのは事実だ。「レトロ」というのも、ひょっとすると「頑固に変わらない」と言い換えることができるかもしれない。つまり、昔のまんま変わらずにいる、それでいてそれがたまらなくすてきだ――そういう街である。

最も多感で、かつ最も貧乏だった時代をこの街で過ごしたことによって、私という人間の根幹が形成されたのだといまでは思っている。

八〇年代、神戸はふたつの意味で魅力的だった。ひとつは、私の同世代の女性たちが「神戸ガール」と呼ばれて、人一倍新しいものに飛びつき、颯爽とおしゃれして、日本中の女性が憧れるファッションリーダーになっていたこと。もうひとつは、ファッションリーダーには決してなれない私のような部外者も、ぶらぶら歩くだけでじゅうぶん楽しめる要素が街に溢れていたこと。新しいモノと古いモノの共存が、絶妙に成立している街なのだ。

大学生の私は、勉強はそこそこに、生活費を稼ぐためにいくつものバイトを掛け持ちしていた。ゆえに毎日が忙しく、デートもショッピングも旅行もできない身分だった（と言い訳していた）。そんな私が唯一の楽しみにしていたのが、神戸の街をあてもなくぶらぶら歩くことだった。

青春の頃も、大人になってからも変わりなく、神戸ほどぶらぶら歩くのにふさわしい街はない。気がつくと、三ノ宮《さんのみや》駅から元町《もとまち》駅、さらに神戸駅へと、JR神戸線の駅を三つ分くらい歩いてしまう。線路の高架下にきゅうきゅうと肩を寄せ合うようにひしめき合い、延々と続く店先をひやかしながら進むのが楽しい。

神戸から元町へと一駅戻って、元町商店街へと歩いていく。古くからのコーヒーショップやパン屋、インポートものの靴店、子供服のブティック、さらには南京町《なんきんまち》。スクランブル交差点の向こうにそびえ立つのは大丸神戸店。その向こうへと進んでいくと、かつて外国人が多く住んでいたという旧居留地が見えてくる。古めかしい石造りの建物の多くは、いまではしゃれたブティックやレストランに様変わりしている。その先には、細長くて赤い鼓のような形の神戸ポートタワーが悠然と立つ、メリケンパークにたどりつく。

カモメの舞い飛ぶ波止場にたたずんで、いま歩いてきた方向を振り向く瞬間が、長い散歩のハイライトだ。北の空には六甲山《ろっこうさん》の山並みが青々と、まるで舞台背景のように横たわっている。山並みから海まではなだらかな傾斜になっていて、ジオラマのごとき神戸の街が広がっている。南に向かってひらけているので、天気のよい日中に眺めると、建物が日差しに白く輝いて見える。私はよくこうして三ノ宮や元町からメリケン波止場までずんずん歩いて、振り返って街を眺める瞬間を楽しみにしていた。朝靄《あさもや》の中、眠りから覚める街。夕焼けに赤く染まる街。雨に煙る街。そして夜、輝く宝石箱に変わる街。

たとえ財布の中が寒くたって、未来が霧の中にあったって、神戸の街を歩き、街を呼吸し、街を眺めれば、いつだって元気になれた。いまにして思えば、あれほど目新しくてゴージャスな体験は他にはなかったのではないか。古い街並みを歩くたびに、いつも新しい発見があった。おしゃれな老マダムとすれ違ったり、ケーキ屋に新作のケーキが並んだり、花屋の店先で季節の花が香っていたり、古いビルの入り口のサインのかっこいいデザインに気づいたり。そのすべてが、私のものだったのだ。

神戸の街は、たしかにあの頃、私のものだった。あの街に住んでいるすべての人が、きっと私と同じように思っていたに違いない。不思議な包容力と磁力とを持ち合わせた、まったく希有《けう》な街だと思う。

◆

いまでも二年に一度ほど、なつかしい神戸へと私は舞い戻る。そのたびに訪れる場所が、メリケンパーク以外に三つある。

ひとつは、欧風料理店「もん」。すばらしくおいしいとんかつを食べさせてくれる老舗レストランで、神戸の住人であれば知らぬ人はいないんじゃないかと思う。なんでも神戸港が開港した頃から存在しているという、由緒正しき老舗である。ここのとんかつ定食を食べずして神戸を去るなかれ。素朴な風合いの皿の上に、海老フライのような形をしたヒレカツが五、六個と、脇を固めるのはカレー風味のゆでキャベツ。サクサクの衣の中には熱々のやわらか肉、これをはふはふといただく瞬間の幸せたるや。これに白いご飯とタマネギ入りの赤出しみそ汁がまた絶妙なマッチングなのだ。

ふたつめは、元町商店街の脇道にあるコーヒーショップ「エビアン」。戦後間もなくオープンした老舗で、とにかくコーヒーが安くてうまい。蝶ネクタイのマスターがカウンターでサイフォンコーヒーを作り、無愛想なおばちゃんがそれをテーブルへ運ぶ。店内は近所のおっちゃんおばちゃんでいつも混雑している。新聞を広げてタバコを吸い、一杯のコーヒーを堪能したらさっさと出ていく。いまどきの「カフェ」のまったり感ゼロ。なんというか、おっちゃんおばちゃんが「生き抜いている」感じのする喫茶店なのだ。私がいまだに旅先で純喫茶を必死に探すのは、この「エビアン」の面影を追い求めるがゆえである。

そして最後に、忘れられないわが青春の場所。トアロードを少し北上して脇道に入ったエリア・北長狭《きたながさ》にある雑貨店「ONE WAY」。オープンして四半世紀以上になる、アートブックやポストカード、輸入雑貨を販売する店だ。いまでこそ北長狭はおしゃれ雑貨のエリアとして有名だが、そのブームのきっかけはこの店が作り出した。

私が大学生の頃、いつものぶらぶら歩きで、何気なく迷いこんだ裏道に、開店したばかりのこの店があった。一歩足を踏みこんだ瞬間、不思議な感覚を覚えた。誰もいないプール、水の底にゆっくりと落ちていくような。無機質な内装は古いビルによく合って、余分な熱を奪う水の冷たさがある大人の空間。私は一目でこの店に恋をした。BGMも聴いたことのない森々とした音楽（のちにそれが環境音楽なるものと知った）。以来、足しげく通ったが、当然、高額な洋書など買うお金は持ち合わせていない。ただ憧れて眺めるだけ。何も買わずに何十分も過ごした。にもかかわらず、レジにいる女性（短いボブ、黒い服、何かとてもいい香りを身にまとった大人の女性だった）は、ただ静かに、店内でたったひとりの客だった私を見守ってくれた。

店に通い始めて一、二か月経った頃、唐突に女性が声をかけてきた。もしも時間があるようならば、うちでアルバイトしませんか？　と。女性の名前はムツミさん、店の唯一のスタッフにしてオーナーだった。あまりにも頻繁に通って熱心にあれこれみつめていたものだから、よっぽどこの店に興味があるように見えたのだろう。願ってもない申し入れだった。他のバイトをやりくりして、毎週末、うきうきと、私は店に通った。出勤前には「エビアン」に立ち寄ってコーヒーを一杯。給料日には「もん」に寄り道してぜいたくな晩ご飯を食べて帰るのも楽しみだった。

この時期に「ONE WAY」で目にしたアートブックやポストカードがその後の私の進路（アート関係の仕事）を決定した、と言ってもいい。大人の女性のお手本のごときムツミさん、その感性の豊かさもまた、私の人生に光を投げかけてくれた。

阪神・淡路《あわじ》大震災のあった年、私はすでに東京にいた。どうなることかと人一倍気を揉《も》んだ。その後、神戸は驚くべき復興を遂げた。半壊した「もん」はプレハブで営業を再開し、「エビアン」は震災直後にコーヒーを格安で提供したという。

神戸の街はいまなお元気だ。変わったこともある。けれど、変わらないものも多い。

そして、あの街が私の宝物であることは、永遠に変わらない。

16　フーテンのマハ

　わたくし、いまでこそ、自分の肩書きを恐れ多くも「作家」などと述べてはいるのだが、作家になるまえから「フーテンのマハ」と自称していた。

　二十代後半くらいからだろうか。仕事であちこち出張に出かけるようになって、めちゃくちゃ頻繁に移動するようになって、ふと気がつくと、仕事でもプライベートでも、やたら移動するのがごく普通のライフスタイルになっていた。そしてこの「移動」自体が、なんだかとても好きだし、性に合っている、と気がついたのは三十代後半くらいだろうか。そう気がつくまでに十年かかった。気がつくヒマもないほど、ずっと移動していたからかもしれない。

　四十歳になろうとする頃、思うところあって会社勤めを辞め、インディペンデント・キュレーター（フリーランスのキュレーター）になった。ちなみに、インディペンデント・キュレーターという、舌を嚙みそうに長い横文字の肩書きは、美術館などに所属せず、展覧会の企画・実施をするプロデューサーとディレクターを兼ねたような職業。自分で企画した展覧会を実現するために、会場を探し、お金を集め、日本各地、世界各国のアーティストに会いにいく。要するに、激しく移動し、飛び回らなければならない。

そんなこともあって、フリーになってからは、会社に勤務していた時代にくらべて五割増で移動していたように思う。そして移動にかけられる経費は五割減。とほほ。それでもなんでも、とにかく行けるところまで行ってやろうじゃないの！　とやたら動きまくっていた。

そしてやはりフリーランスになった頃、大学時代の友人・御八屋千鈴と、日本全国津々浦々を訪ね歩く「ぼよグル」が始まった。文字通り、温泉でぼよよ～んとリラックスしながら、全国のうまいものを食べ歩くグルメ旅を続け、今日に至る。……とここに注目していただきたいのでもう一度書く。今日に至る。

そうなのである。四十歳のときに始まった「ぼよグル」は、その後途切れることなく今日まで続いているのだ。わたくし、逃げも隠れもごまかしもしない、現在五十代半ばである。大学の同期である千鈴も当然同い年。つまり私たちは、もう十数年も「女ふたり旅」を続けていることになる。

◆

振り返ってみると、この「ぼよグル」があったからこそ、私は、移動を楽しみ、旅をこよなく愛する「フーテンのマハ」になり得たような気がする。そう、人はフーテンに生まれるのではない。フーテンになるのだ――と言ったのは、確かボーヴォワールだったか。いや、そんなことは言ってないか。まあとにかく。

千鈴とは、長い付き合いである。そして千鈴という旅仲間の存在と「ぼよグル」については、私が作家デビューしてしばらくすると、いつのまにやら担当編集者のあいだにあまねく浸透した。なぜか。

編集者が私に何か用事があってコンタクトする。するといつも私からの返事には「いまどこそこにいます」と、旅先にいることを示唆するメッセージが冒頭に添えられている。そのうちに「いまぼよグル中です」と、あからさまに「旅の真っ最中である」ことを知らされるようになる。賢明な編集者諸氏は、すばやく察知する。——原田マハはどうやら移動していることが多く、居るべき場所（自宅）にいない確率が高い。そしてその場合は謎の旅スタイル「ぼよグル」とやらに没入中である。ところで「ぼよグル」ってなんだ？

私はその説明を余儀なくされる。ぼよグルってのは旅仲間・御八屋千鈴と日本全国津々浦々を訪ね歩く「女ふたり旅」でね……以下略。とまあ、そんなわけで、「ぼよグル」と千鈴は、私の担当編集者のあいだでは知らぬ者はいない——という、大きいんだか小さいんだかわからないレベルで知られることとあいなったのである。

実はこの「ぼよグル」と千鈴の存在は、本書を書くきっかけになったと言っても過言ではない。何しろ私がフーテンとして生きる原動力になっていたわけなので……っていちいち大げさなのだが、ほんとうに、つくづくそう感じている。

私は、兵庫県西宮市《ひょうごにしのみや》にある関西学院《かんせいがくいん》大学文学部日本文学科卒業なのだが、千鈴はその同期で、長い付き合いである。ふたりとも、大学の近くにあった女子寮に下宿していたのが縁で知り合った。入学直後、十八歳だったから、かれこれ三十数年の付き合いである。といま計算してみて、うわ～っ、となった。筋金入りの旧友である。

じゃあその頃から一緒に旅をしていたかといえば、まったくそういうわけではない。当時、私は、家庭の経済状況が危機的で、両親は私に月三万円の仕送りをするのがせいいっぱいというありさまだった。とここでまた、うわ～っ！　となる。月三万円……住居費、光熱費、食費、衣料代、銭湯代、すべて込みで月三万円。いったい、どうやって暮らしていたのだろうか。我ながらびっくりである。毎日の食事はキャベツ炒めでしのぎ、お風呂は二日に一度で我慢し、授業そっちのけでバイトに明け暮れていた私が、優雅にぼよよ～んとグルメ旅などできるはずもない。ゆえに、学生時代、千鈴やほかの友人たちとともに、京阪神エリア内限定でちょこまかと遊びに行くことはあったが、本格的な「女ふたり旅」に出かけるようになるのは、もっとずっとあとになってから——そう、四十歳になってからのことである。

千鈴と旅をするようになったきっかけは、私が会社勤めを辞め、フリーランスになって、時間に余裕ができた、ということにある。千鈴のほうも、時間的にも精神的にも経済的にも、じゅうぶんに余裕がある頃だった。

彼女は、大学卒業後、某大手証券会社の一般職に就いたのだが、以来、三十年間、大変律儀に堅実に、同じ会社に勤続している。後述するが、三十年のあいだに、彼女の人生にもさまざまな転機が訪れた。が、結局、「おひとりさま」のライフスタイルで、「(私と)おふたりさま」の旅スタイルを続けている。まあそれがやはり彼女の性に合っていたのだと、いまならわかる。

「ぼよグル」を始めた初期の頃は、当然「ぼよグル」などという呼称もなく、気心の知れた旧知の仲の道行きふたり、らく〜に、気ままに旅できるのが実に心地よく、日本の地方都市や温泉、グルメスポットを訪ね歩いて、旅が終わる頃にはすっかりくつろぎ、また一抹の寂しさもあって「また旅行しよ」「ほな、次はどこ行く?」とどちらからともなく言い合って、次なる旅先を決めてから別れる——という流れが自然と出来上がったのだった。

「ぼよグル」初期は、私はフリーの身の上、お金はないけど時間だけはあった。将来のことはどうなるかわからないものの、会社や社会的立場やなんらかの約束事に縛られることもなく、四十歳にして文字通り完全な自由を手にいれた。千鈴のほうは、職場では年齢的にいわゆるお局的立場にシフトしつつ、ルーティーンの仕事はすっかりこなれて、残業もさほどなく、経済的余裕もあり、京阪神きってのリュクスエリア・芦屋に住んで、大阪・梅田の職場に通い、文字通り花のOL生活を満喫している時期だった。職業的にも立場的にも人生の状況的にも、一致点は皆無といってもいいふたりではあったが、そこは旧友同士、一緒に旅しているときは、難しいことは一切抜きにして、まったく人間的にすっぴんでいられた。

千鈴と旅しているときは、心底リラックスして、頭の中は空っぽ、心地いい風が吹き抜けていった。電車やバスに乗って、名も知らぬ土地を行く。ご当地グルメを存分に味わい、温泉にゆっくりとつかって、眠くなったら寝る。とても単純で、とても気持ちのいいこと、けれど普段のせわしない生活の中では、そうしたいと思ってもなかなかできないこと。「ぼよグル」は、私たちにとって、まさに「命の洗濯」であった。

千鈴と日本のあちこちへ出かけるたびに、地元の人、興味深いもの、忘れがたい出来事などなど、何かしらヒト・モノ・コトとの出会いがあり、「なんでこんなことが……」

とか、「めっちゃ面白い人だなあ」とか、旅先での数々の思い出は、そのつど深く胸に刻まれていった。勤め人時代、出張でどこかへ行っても、ほとんどそういう体験をしなかったように思う。仕事であったり確たる目的があったりすると、感性の窓はなかなか開かない。「ぼよグル」では、気持ちよく窓を開け放った結果、予期せぬ出会いをどんどん呼び込んだのだろう。そして、それらの出会いや思い出は、私を物語の創作へと突き動かすことになった。

デビュー作の、沖縄の離島を舞台にしたラブストーリー『カフーを待ちわびて』も、旅が何より大好きな売れないタレントのアラサー女子・おかえりが主人公の『旅屋おかえり』も、書き始めたきっかけは「ぼよグル」にあった。そのほかにも、「ぼよグル」の最中に体験した出来事や思い出をベースにして書いた物語はたくさんある。

実は、千鈴と私をモデルにして、女ふたり旅をテーマに書いた短編もある。「ハグとナガラ」というふたり組が日本国内を旅する物語で、いままでに四回、それぞれに違う媒体で発表した。それを読んだ千鈴は「まんま日記やな」と苦笑していた。

「ぼよグル」が始まって二年目に、私は作家になった。そして八年目に、千鈴は管理職になった。私は拠点を長野県に移し、千鈴は何度か転勤した。お互いに、さまざまな人生の転機を迎えた。

が、しかし。「ぼよグル」はまだ続いている。初期に比べると、時間も制限され体力も落ちてきたが、まだまだ旅する気力はあるし、おいしいものにも温泉にも相変わらず目がないふたりである。そして新しい体験を求めて、出かける気満々である。

つい先ごろも、ひさしぶりの「ぽよグル」に出かけた。行き先は、京都市近郊の亀岡。居心地いい温泉宿、二階の部屋に通されたところが、目の前に満開のしだれ桜。今年の京都はずっと雨続きだったらしいが、その日だけ思い出したようにのどかな春の日で、「やっぱり私ら、ついてるな」と、笑い合った。

夜になって、寝室にふたつ並んだベッドに横たわると、窓のすぐ向こうに、ライトアップされた夜桜が煌々《こうこう》と輝いている。「やっぱり私ら、もってるな」とつぶやいて、旅友は安らかな寝息を立て始めた。

私は、夜桜をスマホで撮って、千鈴のメールアドレスに送っておいた。そのときに添えた一句。

夜桜にふと添い寝するふたりかな

まだまだ、元気いっぱい、ふたり旅が続くことを祈りつつ。

17　私、晴れ女なので

　実は、私は「晴れ女」である。それも超絶晴れ女。自分で言えば言うほど信憑性《しんぴょうせい》が薄れることを承知であえて言うのだが、ほんとのほんとに晴れ女なのである。ってここまで書いてさすがに自分でもしつこいと思った。

　まあとにかく。あまりにもあちこち晴らして回るので、自分の運のほとんどは旅先を「晴れ」にすることで使ってしまっているような気がする。

　読者の皆さんの周りにも、必ずひとりやふたり、いるはずだ。旅行や運動会やバーベキューや同僚の結婚披露宴やらに出かけて、見事な日本晴れに恵まれた、そんなときに、妙に自慢げに「いやー、実はおれ、晴れ男でさあ……」というあの人。「○×ちゃんって晴れ女なんだよね。いてくれてよかった～」などと言われるあの娘。どうです、いるでしょう?

　そもそも、「晴れ女」「晴れ男」というのは、どうも日本独特の「存在」なのではないだろうか。だって「晴れ女」を翻訳しようと思っても、適当な英語が思い当たらないし。

　そういえば、かなり昔から、私は自称「晴れ女」だったのだが、海外でやっぱり「晴らしてしまった」ときに、アメリカ人やフランス人の友人に、「私は晴れ女だ」と自慢してやろうにもどう説明していいのやら困ってしまって、結局何も言わずに終わった……という経験が、過去何度かあったことをいま思い出した。って英語でも「晴れ女」であることを主張しようとした自分ってなんなんだろう、とも思うが。

振り返ってみると、私の「晴れ女」歴はかなり長い。幼少の頃から「晴れ女」としての資質を大いに発揮していたように思う。などと書くとほとんどシャーマンめいてる感じがしてきたが、いやほんとに。

小学生の頃、どんなことより遠足を楽しみにしていた私は、遠足の前日に雨が降ると、気合いを入れててるてる坊主を作り、軒先に吊るして、本気で念を送った。天気になれなれなれなれ〜〜〜！　で、ほとんどの雨を止めた。いや私が止めたわけでは断じてない。断じてないが、なんだか私が止めたように雨がやんだものだった。

大人になってからも、ここぞという外出やイベント、旅行の際に、雨が降った記憶がほとんどない。つまり、出先ではほとんどの場合晴れであった。いや別に私が晴らしたわけでは断じてない。断じてないが、なんとなく私が好天を呼び込んだかのごとく、旅先はいつも晴れであった。

私ってもしかすると「晴れ女」なんじゃないか？　しかも、「超絶」の形容詞をつけてもいいくらいの……と気がついたのは、御八屋千鈴と、「ぽよグル」を始めてからのことである。ぽよグルについては、前項を参照いただきたいのだが、実は、千鈴は私と同等かそれ以上に「晴れ女」なのである。

　私たちふたりはほぼ全国の都道府県を旅人として制覇したのだが、ぼよグルにおける「ダブル晴れ女」の効果は絶大で、いやあほんとによく晴らした。晴らして晴らして晴らしまくった。ぼよグルの晴天率はほぼ95%に達するのではないかと思われる。統計をとったことはないが、ほとんど傘をさした記憶がないので、たぶんそうなのである。ちなみに千鈴の旅行用キャリーの中には、ほぼ一度も開かれたことのない某ブランドの赤い折り畳み傘が入っている。「それ、全然使わないよね」と私が指摘すると、「これ持ってると雨が降らないような気がするねん」と千鈴は答えた。折り畳み傘を晴天のための御守り代わりに使っているわけである。使ってないのに使っている、屈折した使われ方であるが、ぼよグルがお天気に恵まれるのは、それのおか

げなのかも。

作家になってからは、編集者やカメラマンとともに取材や撮影のために旅に出ることも多くなった。そしてついに、フーテンのマハ＝「晴れ女」伝説が全開になったのである——ってほとんど特撮映画の予告編みたいだが……。

編集者はもちろんのこと、カメラマンは、「いい絵」を撮るために、当然ながらロケ地が晴天であることを望む。これから取材（撮影）に出かけるというとき、編集者によって私がカメラマンに紹介されるのは、空港や駅で、ということがままある。自己紹介をしながら、私が開口いちばん、口にするのは「私、超絶『晴れ女』ですので」というひと言。初対面のカメラマンは、たいていの場合、「あ、そうなんですねー」という軽～いリアクション。ところが、彼・彼女はその後、ロケのあいだじゅう、ほんとうに一度も雨が降らず、思い通りの「いい絵」を撮れることに驚愕して、全行程を終えることになる……ほんとに大げさでごめんなさい。

デンマークのコペンハーゲンに、とある雑誌の取材で出向いたときのことだ。コペンハーゲン周辺の週間天気予報は雨または雨のち曇り。ちょうど夏至の頃で、本来ならば日が長く明るい写真が撮れるはずなのに……と、そのときが初対面だったカメラマンのKさんは、ちょっとブルーになっていた。

ところがそのとき同行していた、古い付き合いの編集者のTさんが「大丈夫ですよ、マハさんがいますから」と言った。「マハさんは自由自在に太陽を操ることができるんです」と、まるで引田天功《ひきたてんこう》が同行しているかのように自信満々のTさんの様子に、Kさんは「どういうことなんだ……」と若干引き気味。そのとき外はこれでもかッとばかりのざざ降り。Kさんは「こんなに降ってますけど、明日は晴れるんでしょうか」と私に質問。私は涼しい顔で「もちろん、晴れます。経験上、寝ているあいだに雨がじゃんじゃん降って、朝になると晴れているというのが通常の流れです」と言ってのけた。まるで太陽と打ち合わせ済みですと言わんばかりに。もちろん、Kさんは「へえ、そうなんですねー」とやっぱり薄〜いリアクション。きっと心中（この人、大丈夫かな……）と不安を増幅させたに違いない。

　その翌朝、見事に雨だった。ロビーに集合してすぐ、私はとりあえず謝った。

「いやーすみません、思ったように出てきてくれなくて……まあ北欧の太陽は気まぐれですから」

　まるで太陽が所属する芸能事務所の社長だ。Kさんは「いやいや、マハさんのせいじゃないですから」とにこやかに応えてくれた。確かに雨が降ったのは私のせいではない。しかし全世界を股にかける「晴れ女」としては、こうなってはイカン！　のである。ううむ……。

　が、奇跡が起こった。ロケ地まで出向き、Kさんがカメラのセッティングをし始めると、ふいに雨が上がった。Kさん、「おや?」という表情になる。そして、さあ撮影というタイミングで、編集者のTさんが声をかける。「じゃあ、マハさん、お願いしまーす」。

ここで私が被写体として登場――というわけではない。「じゃ五秒後、太陽出しますよ。五、四、三……」と私はカウントダウンを始めた。すると、ほんとうに雲の切れ間からぱあああっと光が射したのだ。ってもちろん、まったくの偶然なのだが……。

ファインダーをのぞいていたKさんは「うわあ! すげー!」とすばやく連写、最高の「絵」を撮ることができた。

その後、Kさんから「ありがとうございます」と感謝されることしきり。Tさんからは「太陽オペレーター」の肩書きを贈呈される。いやほんと、私、別になんにもしていないんですが……。

でもま、これからも世界各地を晴らして回りましょうか。太陽が欲しい方、ご一報ください。なんら保証はできませんけれど、自他共に公認の「超絶・晴れ女」ですので。

18　睡蓮を独り占め

最近、ひんぱんなパリ通いがずっと続いている。その理由は、いくつかある。

まず、これはパリに限らないのだが、いまやどこにいても原稿を送れる環境になったこと。もはや私の仕事スタイル・旅スタイルになってしまったが、ラップトップのパソコンを携えて、ホテルでもカフェでも電車内でも駅のホームでも、とにかくどこでも書いてメールで送る。私が作家デビューした十年まえは、こうはいかなかった。もちろんパソコンもネットも活用していたが、現在ほどネット環境が整っていなかった。編集者に電話して、旅先の温泉旅館にファックスで校正用のゲラを送ってもらったものだ。ところがいまやモバイルWi-Fiを持ち歩けば、ユーロスターの待ち時間に駅のホームから原稿を送れるのである。ほんとうに便利な世の中になった。と同時に、いつなんどきどこにいても「原稿どうなりましたか」と催促がくる。もう絶対逃げられないのである。

それから、パリ在住の友人が増えたこと。『楽園のカンヴァス』の取材でパリに長期滞在したとき、在パリの日本人の友人たちから多大なるサポートを得た。彼らは私の生涯の友人となり、いまもパリに行けば何くれとなくサポートしてくれる。やはり友だちのいる街は、観光で訪れる街と違ってはるかに親しみがわく。

そして、パリ通いのきわめつきは、ここのところパリを舞台にした小説を書き続けていることである。

私は、作家になるまえは長らく美術関係の仕事に就いていた。そんなこともあって、数々のすぐれた美術館があり、見るべき展覧会が常に開催されているパリは、私にとって特別な街なのである。

フランス絵画史をひもといてみると、それぞれの時代に注目すべき芸術家や作品があるのだが、中でも十九世紀末から二十世紀前半にかけて活躍したアーティストたちが、私にとっては圧倒的に面白く感じられる。美術史の世界では長らく、画家とは「職人」的側面が強い存在だった。王侯貴族のお抱えだったり、裕福な人々の注文を受けて制作したり……というのが普通で、自分自身を「表現」することはなかった。これが、十九世紀になって大きく変わる。画家たちは、自分だけの表現を求めて模索を始める。いかに新しい表現を見出せるか格闘する。その急先鋒になったのが、マネやモネ、ドガたち印象派の画家たちであり、セザンヌやゴッホたち後期印象派であった。そして二十世紀になってからはマティスやピカソが登場する。芸術家たちが古い因習の呪縛《じゅばく》から解き放たれ、革新的な作品を創り出すプロセスは、私にとってはミステリアスでもあり、また憧れでもあった。そして、彼らをモティーフにして是非とも小説を書いてみたいと思い、せっせとパリに通って取材を重ね、とうとう一冊の本にまとめることができた。それが『ジヴェルニーの食卓』である。

　表題作は、印象派の巨匠、クロード・モネとその家族を巡る物語である。いまではその名を知らない人はいないほど著名な画家となったモネだが、若い頃は苦労の連続だった。本作は、いかなる状況にあろうと絵画への情熱を失うことなく描き続けたモネを支えた、

義理の娘・ブランシュが主人公である。モネの晩年に描かれた「睡蓮《すいれん》」の制作秘話を縦糸に、若い頃の壮絶な日々を横糸に、家族の葛藤《かっとう》と愛情を染め色にして物語を紡いだ。

この小説を書き上げるため、私は足繁くパリに通い、モネが描いた睡蓮の池があるジヴェルニーへも、何度となく訪れたのだった。

◆

パリ市内には幾多の公園や森が存在し、美しい緑や花々は市民や観光客の目を楽しませている。

ルーヴル美術館まで広がるチュイルリー公園の一角に、訪れるたびにその美しさにため息がもれる「睡蓮の池」がある。しかもその池は、美術館の中にあるのだ。オランジュリー美術館の入り口からまっすぐ入っていくと、正面に楕円《だえん》のかたちをしたギャラリーがある。このギャラリーの壁いちめんを埋め尽くしているのが、クロード・モネの描いた晩年の傑作「睡蓮」なのだ。

モネは四十代になってからノルマンディー地方にある小村、ジヴェルニーの古民家に居を定め、そこに理想の庭を造って制作に励んだ。時々刻々とうつろう陽の光や大気をカンヴァスに写し取ることに執念を燃やした彼は、いっぽうで、美しい庭造りにたっぷりと愛情を注いだ。庭には大きな池を造り、睡蓮を浮かべた。池に掛かる太鼓橋は、日本美術に深く傾倒していたモネの趣味が色濃く出ている。モネは、この池のほとりにイーゼルを立て、降り注ぐ陽光のもと、あるいは暮れなずむ夕日の中で、何枚もの睡蓮の絵を描いた。

モネは、自分の死後に一般公開することを条件に――ほかにも「楕円形の展示室」や「自然光を入れる」など、展示する際の細やかな指示も含めて――巨大な睡蓮の壁画をフランス国家に寄贈した。モネの死後、政府はこの作品を展示するために、オランジュリー美術館を建造したという。

私はもう何度この美術館を訪れたか数えきれない。パリに行くたび、ほっとひと息つくために（そしてときどき時差ぼけ解消のためにも）出かけている。何度行っても飽きることはない。むしろ、行けば行くほど親しみがわき、ああまたパリに帰ってきたんだなあ、としみじみとした想いが胸に迫る。親友が住む家のようでもあり、最近は実家のような（！）気さえしてきた。

この美術館、ルーヴル同様、実はパリ市内の美術館でもっとも早く開館する（午前九時）。そして朝いちばんで訪問すれば、すばらしい体験が待っている。楕円形の展示室の天井からは、うっすらと自然光が入るように設計されているのだが、午前中の光が睡蓮の池をより輝かせ、まるでほんものの池のほとりに佇《たたず》んでいる気分になる。

睡蓮の壁画は、室内のカーブした壁に沿って、ぐるりと展示されている。まさに、鑑賞者は池に囲まれているような錯覚に陥る。自分が見た通りの風景を、この絵を見る人

にも体験させたい――という効果をこそ、モネは狙ったのである。

朝、昼、夕、宵、それぞれの空と雲を映した鏡のような水面。かすかな風が吹く直前、はらりと長い枝葉を垂らす柳の木。そして、いましがた夢から覚めたように、白い顔をほころばせている睡蓮の花々。――この世界のもっとも善きもの、無垢《むく》な風景が、ここに集められている。そんな気がする。

展示室の中央にあるベンチにしばらく座って、室内に入って来る人々の表情を観察していたことがある。足を踏み入れた瞬間、どの顔にも光が射し、ぱあっと輝くのを見た。誰もが息をのみ、あるいは「わあっ」と小さく歓声を上げ、吸い込まれるようにして絵の近くへと歩みよる。アートは人を幸福にする、それを実証するかのような人々の顔を目撃して、私はなんだかとてもうれしかった。

そしてついに、私はオランジュリー美術館へとっておきの訪問を果たした。『ジヴェルニーの食卓』文庫化記念の撮影のため、オランジュリー美術館の開館まえの一時間、たったひとりで「睡蓮」と向き合う機会を得たのだ。

それはそれは、芳醇《ほうじゅん》な、ゆたかなひとときであった。私は、まるで自分の小説の中の主人公、ブランシュになってしまったような気分だった。義理の父のモネを師とあがめ、慕い、愛情深く付き従ったブランシュに。

睡蓮の池の前にイーゼルを立てて、ひたむきに描き続けるモネの背中が、ほんの一瞬、見えた——気がした。

19　生誕祭

ところで、皆さん、七月十四日……ってなんの日か、ご存じですか？

答えは、「バスティーユ・デー」、またの名を「パリ祭」。そう、フランスの革命記念日である。何をかくそう、私は、この「パリ祭」とともに生きてきた。なぜなら、七月十四日は私の誕生日だからである。

七月十四日。一月一日（元旦）とか三月三日（ひな祭り）とか二月二十二日（猫の日）とかでなく、なんだか中途半端な日……。確かに、日本では「なんの記念日でもない日」かもしれない。しかし、フランスにおいては、もっとも人々が浮かれ（たぶん）、国民を挙げて祝う（おそらく）、忘れようにも忘れられない重要な日（きっと）なのである。

が、フランス人とは一ミリも関係ない生粋の日本人である私は、子供の頃は七月十四日に生まれたことをなんとなく残念に思っていた。毎年この頃は梅雨明けで一気に暑くなる……とか、夏休み直前で気もそぞろである……とか、「誕生日だ！」と浮かれたところで、まわりが全然テンションを上げてくれない、という状況だったからだ。だから、ひな祭り生まれの友だちが、おひなさま飾りのある部屋で誕生日会をしてもらっているのがうらやましかったし、九月生まれの友人が「あたし、乙女座なんだ」というのがうらやましかった。私は蟹座なのだが、少女的には、アワを吹いてるイメージがちょっとなあ……とやはり残念感があった。

ところが、少女の私に「誕生日革命」が起こった。忘れもしない、十歳の頃の出来事である。

それまで私は、誕生日が巡りくるたびに、父親から「お前はパリ祭生まれだから、きっと将来、フランスと何か関係を持つようになるはずだ」と、まったく根も葉もない予言をされ続けてきた。「パリ祭ってなに〜?」と訊くと、父は、「うん、七月十四日にフランスのパリで開かれるお祭りだ」となんのひねりもない答えを返したのだったが、こうして私は、父によって自分の誕生日が「なんの変哲もない日」ではなく「フランスでは特別な意味のある日」であることを知らされた。

で、「パリ祭」とはほんとうのところ何かといえば、フランスの革命記念日「14 Juillet（カトルズ・ジュイエ）」を指す言葉で、古い映画の邦題である。映画好きの父は、あるとき『巴里祭』と邦題のついたフランス映画を観て、印象深く覚えていたらしい。七月十四日に誕生した長女を「パリ祭生まれのパリジェンヌ」などと呼んで、ずっともてはやし続けたのだった。

では父を洗脳した『巴里祭』とは、いったいどんな映画だったのだろうか?

一九三二年公開、フランスの名監督として名高いルネ・クレール脚本・監督によるラブロマンスであり、ジョルジュ・リゴー演じるタクシードライバーとアナベラ演じる花売り娘が主人公となり、国民の祝日・七月十四日に起こった出来事を描いた映画である。実は私も、大学時代に名画座で観たことがある。その頃は、自分が七月十四日生まれであることに、父の予言通り「フランスとなんらかの接点がある」ような気がしてならなかった。もちろん気のせいなのだが、「自分の誕生日がテーマになっている映画」を観に、いそいそと出かけていったことを覚えている。

まあとにかく、この映画に『巴里祭』という邦題が付けられたことで、日本人は、フランスの国民の休日「七月十四日」をいまだに「パリ祭」と呼ぶのだそうだ。フランス人はこの日を「パリ祭」とは決して呼ばないし、英語圏の人々も「バスティーユ・デー」と呼んで「パリ祭」とは呼ばない。日本人だけが「パリ祭」と呼んで、なにやら特別にロマンチックな一日であるように感じているのがなんだかおもしろい。

と前段が長くなってしまったが、とにかく私は父の影響で、十歳のときにはすでに自分の誕生日が「パリ祭」であることを意識していた。たとえフランスに一ミリも関係ないとしても、前世はフランス生まれだったかも……くらいに想像をたくましくしていた。

そんな私が、十歳にしてようやく七月十四日の「パリ祭」は「フランス革命」の記念日だと知ったのだ。そのきっかけは、とある少女漫画。そう、あの『ベルサイユのばら』である。

『ベルばら』については、いまさら私が本欄で説明する必要はないと思うが、十八世紀、栄華を極めたブルボン王朝がフランス革命によって崩壊するさまを、マリー・アントワネットという実在の王妃と、オスカルという架空の男装の麗人を主人公に描いた、歴史ロマンコミックである。多くの少女たち同様、私はこの漫画を夢中で読んだ。さまざまな表現やテーマの漫画が出揃ったいま、四十年以上まえに発表されたこの漫画がいかに革新的だったか、想像するのは難しいくらいだ。学園モノだとかラブコメだとかが主流の少女漫画界で、史実がベースの、しかもフランス革命についての漫画を発表するとは……池田理代子先生、あなたはほんとうに偉大です！

とにかく、私はこの漫画を通して、自分の誕生日が、フランスにおいては別格に特別な記念日であることをついに知ったのである。そしてもっというと、私の誕生日は、バスティーユ陥落の日＝オスカルの命日である（あくまでも漫画世界の話にせよ）ということも……それってつまり、私はオスカルの生まれ変わりってことなんじゃないか？と、少女の私の脳内で「私はオスカルの生まれ変わり説」というのが、ものすごく一方的かつ独断的に定着したのだった。池田先生、真に申し訳ありません……。

そんなわけで、私は、十歳の頃からずっとずっとず――っと、「誕生日をパリで迎

える」というのを、密かな野望として抱き続けてきた。だって、日本にいたらなんてことない一日なのに、パリに行ったら国民総出でお祝いしてくれるんだもの。シャンゼリゼ大通りをパレードしてくれて、大統領が祝辞を述べてくれて、夜にはエッフェル塔付近でドーンと大輪の花火を上げてくれるのだ。めでたいめでたいと、誰もかれもが踊って歌って騒いでくれるのだ。私のために……こんなありがたいことがあるだろうか。ううう。

そして私の野望その二は、こんな感じである。

――できることなら、七月十四日にパリのバスティーユ広場へおもむき、『ベルばら』の最後のほうのバスティーユ襲撃のシーンで、王家側の近衛隊長だったオスカルが市民側につき、王家の兵隊と戦って、弾丸で撃ち抜かれ、息も絶え絶えに「フ…ランス……ばんざ…い…！」とひと言つぶやいたあと絶命する、あの少女漫画界屈指の名シーンを、自らオスカルさまになりきって演じてみたい！　……いやいや、別に冗談じゃないですよ、もちろん本気です、本気。

そして、二〇一五年――。

ここのところ、パリが舞台の小説を立て続けに書いてきたこともあって、頻繁にパリを訪問し、パリ在住の知己も得られた私は、今年、ついにこの野望を実現した。

夢にまでみた七月十四日@パリ。私は、パリ在住の友人とともに、バスティーユ広場へ出向いた。広場の中心には、フランス革命を記念して造られた円柱が建っている。周囲には新オペラ座やカフェやショップが立ち並び、いつもは大いに賑《にぎ》わっているこの場所だが、この日はパレードが通過するためか、道路が封鎖されて、拍子抜けするほど人が少ない。群衆が見守る中でのパフォーマンスを果たしてできるかどうか、少々の不安があったのだが、誰の目にも私がオスカルの生まれ変わりとは見えていないはずだし（当たり前）、人もそんなにいないし、ええいやってしまえ！　とばかりに駆け出して、円柱の下で立ち位置を決めると、私は、天を仰いで叫んだのだった。もちろん、日本語で。

フ…ランス……ばんざ…い…！

四十年のときを超え、ついに野望をかなえた瞬間、我が胸を弾丸のごとく貫いたのは、フランス語をもっと勉強しよう、という熱き反省であった。

20　取材のための旅

最近、アートをテーマにした小説を書くことが増えた。

私はもともと、二十代前半から四十代半ばまで、二十年以上美術業界に身をおいていた。画集や写真集を専門に扱うアートショップの店員から始まって、私設美術館の受付、アートマネジメントスクールのディレクター、アートコンサルタント、美術館のキュレーター、フリーランスのキュレーター、アートライターなどなど……そういう職業でちゃんと生活できていたこともあれば、ほとんど収入を得られなかったこともあるのだが、社会に出てからは、とにかくずっとなんらかのかたちで、アートにかかわり続けてきた。

実は私、来年で、作家デビューしてから十年が経つのだが、作家に転身した初めの頃は、「えっ、なんで？」と周りの人々からさんざん不思議がられた。なぜなら、知り合いは皆、私が一生アート関係の仕事をし続けるものだと信じていたからである。

私のデビュー作は、『カフーを待ちわびて』というタイトルの、沖縄の離島が舞台のほんわかしたラブストーリーである。「アート」の「ア」の字も出てこない内容だったので、私がこの一作をもっていきなり作家に転身したことを、誰もが「なんでまた小説なの？」と不思議に思ったのも無理はない。

たとえばアートディーラーとか美術教師に転身したのなら、誰もが納得したはずである。あるいは最初から「アート小説」なるものでデビューしていたなら、「あ、なるほど。そういうアプローチもあったわけね」と言われたかもしれない。

しかし私は、アートからいちばん遠い内容の小説を書いて、小説家になった。なぜならば、いってみれば、アートは私にとっての最強の切り札。これをテーマにして小説を書けば、絶対に自分にしか書けない個性的なもの、おもしろい物語を書く自信があったからだ。

だったらなおのこと、最初からそれを使えばいいんじゃないの？　と思われるかもしれない。いやいやいやいや、そうじゃないんです。大切な切り札だからこそ、じっとガマンして堪えて、いざ！　というときに「ロイヤルストレートフラッシュ！」とばかりにスパーン！　と出したい。それが切り札ってもんじゃないか。ってカードゲーム一度も経験がないんですが、使い方間違ってないだろうな……。

デビュー作でアートからいちばん遠いところにテーマを求めたのも、あえてそうしてみて、しっかりと書くことができたら、きっと書き続けることができる……と信じていたからなのである。書き続けられれば、いつの日にか「ロイヤルストレートフラッシュ！」の大技を出す瞬間がやってくるだろう——と考えていたわけである。

まあとにかく、いずれ、自分の経験を最大に生かして、アートをテーマにした小説を書こう！　と、デビュー当初から心に決めていた。

そしてデビューから三年目で書いたのが、アンリ・マティスの晩年に取材した「うつくしい墓」だった（集英社「すばる」初出、集英社文庫『ジヴェルニーの食卓』所収）。続いて、クロード・モネと家族の物語「ジヴェルニーの食卓」（同）を書き、同じ頃に『楽園のカンヴァス』（新潮社「小説新潮」連載）を並行して書いていたのだった。

ようやくアートをテーマにした小説を書くようになって、川に放たれた魚のように、すいすいと気持ちよく泳いでいる気分になった。もちろん、それまでに書いた小説も――たとえば、働く女性や家族の物語も、等しく楽しんだし、読者に届けられたという手応えを感じていた。しかし、アートをテーマにすることは、それらとは異なる喜びを私にもたらした。

たとえば、マティスやモネが生きていた時代や場所に想いを馳せるところから、アート小説を執筆するプロセスが始まる。アーティストの資料や画集を徹底的に読み込み、その時代の文化や風俗を調べる。そしてもちろん、実際の作品を見るために、美術館や展覧会へ足を運ぶ。さらには、取り上げようと決めたアーティストの生まれ故郷や暮らした街、最終的には墓参りまでして、彼／彼女の創作の秘密に迫る努力をする。つまり、アーティストにとっての「原風景」を、自分も追体験しようと試みるのだ。

物語のテーマがなんであろうと、私は、執筆に先立って、必ず取材をする。私にとって取材と執筆は表裏一体で、不可分なものである。くらべるのは大変おこがましいのだが、松本清《まつもとせい》張《ちょう》は、頭の中に構築したミステリーのプロットの通りに自分も動いてみて、プロットに破綻《はたん》がないかどうか、どんなトラップ（罠《わな》）を仕掛けられるか、緻密《ちみつ》に取材し、検討したという。私も、気持ちだけはせめて松本清張でいたいのだ。おこがましくとも。清張ファンの皆さま、すみません……。

もちろん、アート小説には松本清張ばりのトラップなどどこにも仕掛けはしないのだが、それでも徹底的な取材をする。

アーティストがどんな街で生まれ、どんな風土に育まれ、成長し、挫折し、成功し（成功しないまま没したアーティストもいた）、天国へと旅立ったのか……取材して、ようやく見えてくることも多い。

取材の最中、私は、アーティストと一緒に街中を歩き、会話をし、ともに時間と空間を分かち合っている気持ちになる。これが何より、ほんとうに楽しい。書く喜び、生きる喜びが、取材を通して湧《わ》き上がってくる。

マティスもこんな気持ちだったのかな。モネは何を見ていたんだろう――と、想像を巡らせながら旅をする。だから、それがたとえひとり旅でも、ちっともさびしくはない。わくわくしながら、世界中、さまざまなアーティストを追いかけて、彼／彼女の原風景を追体験するために、旅をしているのだ。

◆

というわけで、最近、「アート小説のための取材」は、私がフーテン旅を続ける恰好《かっこう》の理由になっている。

この五月、前々から行ってみたいと思い続けていた、南仏のエクス＝アン＝プロヴァンスへ行ってきた。ポール・セザンヌの生まれ故郷であり、制作の拠点としたところ。そして没した場所でもある。セザンヌが生涯こだわりつづけたその土地に、念願かなってついに行くことができた。

エクスは、「ついに」と言うほどアクセスが難儀な場所ではない。パリから高速鉄道ＴＧＶに乗れば、ものの三時間程度で到着する。いままでなかなか行けなかったのは、どうにもスケジュールが許さなかったから。私は、小説を書くにあたって、徹底的に取材する、と前述したが、セザンヌの場合だけが違った。「タンギー爺さん」（集英社文庫『ジヴェルニーの食卓』所収）という、セザンヌの話であってもセザンヌ本人が一度も登場しない小説を書いたのだが、その物語は、主にパリを舞台にしたため、セザンヌがこだわったエクスを取材しないまま、書き上げてしまった。ゆえに、私はなんとなくセザンヌに後ろめたい想いを引きずり続けていた。「なんで取材しないのに書いちゃったんだよ」と言われているようで、心の中で、ずっと「ごめんよ、ポール」と詫《わ》びていた。なんというか、律儀なものですから……。

そんな気持ちを引きずり続けるのもどうかと思ったので、今年は年初から「絶対に行こう」と心に決めていた。

なんとなく南が呼んでいる気がする、それはつまり、セザンヌが呼んでいる——ということなんじゃないか？　勝手にそんな気持ちになっていた。

21　セザンヌ巡礼

前々から訪れたい訪れたいと願いつつ、なぜかタイミングが合わずに行くことができずにいた南仏・エクス＝アン＝プロヴァンスをついに訪れた。

プロヴァンスといえば、何年か前に、旅好き女子たちのあいだで大ブームになったエリアである。イメージとしては、どこまでも続くラヴェンダー畑のむこうに、素朴な田舎家が建ち並び、木漏れ日がまぶしい庭のテラスで、たっぷりのはちみつをたらした焼きたてのパンを、熱々のカフェオレとともにいただきつつ仰ぎ見れば、青空の中にぽっかりと浮かび上がるサント・ヴィクトワールの山頂――というヴィジュアルが漠然と私の中にあった。本や雑誌をせっせと眺めて勝手な思い込みで作り上げたヴィジュアル・イメージであったが、これが意外にも外れていなかったことを行ってみて知った次第である。

さて、エクス＝アン＝プロヴァンスでもっとも有名なものといえば、ラヴェンダーでもはちみつでもなく、それは画家、ポール・セザンヌである。誰がなんといってもセザンヌなのである。これぱっかりは私の思い込みではなく、実際にエクスへ行ってみると、街角のあちこちで「ここはセザンヌの街なんだな」と実感できる。たとえば、街の中心部にはセザンヌのリンゴの絵のバナーが下がっているし、スーヴニールショップではペンだのノートだのバッグだの傘だの、セザンヌの絵のモチーフが使われたグッズが売られている。「シネマ・セザンヌ」なんていう名前の映画館もあった（上映中の映画は『炎の人ゴッホ』とかではなく『ミッション：インポッシブル』だった）。

セザンヌは、一八三九年、エクス＝アン＝プロヴァンスで生を享ける。父は銀行家で、地元では有名な裕福な家庭であった。

セザンヌは絵を描くのが大好きな子供だったようである。そんなセザンヌが助けたのが、いじめられていた下級生の友人、エミール・ゾラだったという。ゾラといえば、十九世紀後半のフランスでもっとも知られた作家のひとりである。のちに文学史に名を残す作家と、美術史に変革をもたらしてモダン・アートの始祖となる画家。そのふたりが中学生のときに出会った、しかもセザンヌがゾラを窮地から救った――って、巨匠萌えするエピソードではないか。そして、この時点で、すでにセザンヌは「もってる」感じがする。

一八六一年、セザンヌは本格的に画家になることを志してパリに出る。息子は自分の後を継いで銀行家になるだろうと考えていた父親をどうやって口説いたのかわからないが、とにかく実家から仕送りをしてもらいながら、三十三歳になるまで、セザンヌはパリで黙々と絵を描き続ける。その間に、製本のお針子（当時の本は背表紙を糸で留めてあった）をしていたオルタンス・フィケと知り合い、息子ポールが生まれる。しかしセザンヌは、オルタンスとポールのことを実家に隠し続けた。身分違いの内縁の妻の存在を父に知られようものなら、激怒されて仕送りを止められてしまうかもしれない――と考えたようだ。ちょっとちょっとポール、そりゃないんじゃないの？　とツッコミたくなるような話だが、当時のセザンヌにとっては、実家からの仕送りが唯一の収入源だった。画家としての力量は十分にあったのだから、手っ取り早く「売り絵」を描けば、妻子を養っていくこともできたかもしれないが、セザンヌはそうしなかった。たとえまったく売れなくても、世間から認められなくても、「自分が描きたいものしか描かない」というポリシーを貫いた。その頑固さこそが、結局はセザンヌの真骨頂なのである。

一時期、印象派に合流して活動していたこともあったが、結局セザンヌは、独自の道を極めるために、故郷のエクス＝アン＝プロヴァンスへと戻る。そこでようやくオルタンスと息子を父親に紹介し、結婚することができた。オルタンスと付き合い始めてから、実に十七年の歳月が経っていた。と、ここで驚くのはオルタンスの辛抱強さである。彼女は実家の援助なしには暮らしていけないセザンヌを精神的に支え、彼のモデルとなってポーズをとり続けた。セザンヌの絵の中のオルタンスは、どれも不機嫌そうな表情をしているが、「絶対に動くな」と厳しく言いつける夫に対して、文句のひとつも言いたいところをぐっとこらえていたに違いない。そう思えば、彼女の辛抱強さは、画家としての夫への深い理解と愛情あってこそのものだったのではないだろうか。

ともあれ、セザンヌは故郷の街へ、妻と息子とともに帰ってきた。その後も、生涯を通してエクスに留まり、独自の作風を追求し続けた。晩年には、小高い丘の上に理想のアトリエを建て、アトリエ内の静物や、エクスを見守るようにしてそびえ立つサント・ヴィクトワール山や、ビベミュスの石切場など、ふるさとの風景を多数描いた。

私には、晴れてエクスを訪問したあかつきには、是非とも確認してみたかったことがあった。それは、故郷の風景や理想のアトリエの風景が、セザンヌに「どう見えていたか」ということだった。

ご存じの通り、セザンヌの絵には「複数の視点」が存在する。つまり、対象物を（それがリンゴであれ人であれ山であれ）、ひとつの定まった視点から描き出すものではなく、複数の視点から見た状態を、カンヴァスの上でひとつにまとめ、再構成する――という離れ業を、セザンヌはやってのけたのである。たとえば、セザンヌのリンゴは、上から見た視点と、右斜め前から見た視点と、左斜め前から見た視点が合わさって描かれていたりする。それはまったく非現実的なリンゴなのだが、画家の「複数の視点」が加味された結果、現実のリンゴよりもはるかに魅力的なリンゴとなって、カンヴァスの上に再生される――というわけだ。

いったい、この魔法のような「再生術」は、どうやって生み出されたのだろうか？

なぜまた、そんな手法を思いついたのだろうか？という謎が、セザンヌの作品を見るたびに私の胸に湧き上がった。それはつまり、「セザンヌにはどう見えていたのか？」という疑問だった。どう見えていたのかを確認するには、セザンヌが見ていた風景を実際に見てみるほかはない。

そんなわけで、私は、エクスに到着してすぐ、セザンヌが亡くなる直前までそこで制作していたというアトリエへ出かけていった。その場所は、セザンヌの生前のままに保存されているという。さてどんな感じだろうと、まるで制作中のセザンヌその人を訪ねるがごとく胸を高鳴らせて、わたしはアトリエに足を踏み入れた。そして、あっけにとられた。

セザンヌのアトリエは、ほんとにもう、びっくりするぐらいなんてことのない空間だった。すっきりと高い天井に、北向きの大きな窓。壁に作り付けられた棚には、水差しやボウルや皿などが雑然と並ぶ。小さなタンス、アムール（キューピッド）の石膏像……どれもが、なんてことのない、いや、なんてことなさすぎるものばかりだった。「え、これだけ?」と拍子抜けするくらいのそっけなさだ。

私は棚に近づいて、そこに並んでいるたわいのないものたちをつくづく眺め、そしてあらためて驚いた。これほどまでになんてことのないものを、セザンヌの筆は、あれほどまでに生き生きと魅力的にカンヴァスの上に再生したのだ。その事実にこそ、私は驚愕した。そしてあらためて深く感動した。

結局、「セザンヌにはどう見えていたのか?」という謎は解けないままだった。しかし、わかったことがひとつある。セザンヌの目に映ったものは、すべてセザンヌになった――ということ。それはつまり、エクス＝アン＝プロヴァンスという街がセザンヌの化身なのだ、ということだった。

エクスの街にいるあいだじゅう、私は、セザンヌの腕にいだかれているような気持ちだった。モダン・アートの父が終生愛した街での滞在が至福のひとときとなったのは、言うまでもない。

22 画家の原風景

私は、ここのところずっと、美術史をベースにした小説を創作している。

『楽園のカンヴァス』（アンリ・ルソーが主要な登場人物になっている）に始まり、『ジヴェルニーの食卓』所収の「うつくしい墓」（アンリ・マティス）、「エトワール」（エドガー・ドガとメアリー・カサット）、「タンギー爺さん」（ポール・セザンヌ）、「ジヴェルニーの食卓」（クロード・モネ）などなど。なぜそんなにもアート関係の小説を書くのかといえば、私は以前、長らく美術関係の仕事に携わり、アートとは切っても切れない関係を作り上げてきたこともあって、とにかくアートに関する文章を書くのが楽しく、心地よいのである。それに加えて、ピカソやモネなどの憧れの巨匠たちを、自分の文章の中に再現するのがなんといってもおもしろいからだ。

美術史をベースにした小説を書くときは、まずみっちりと文献や資料を読み込む。それから、実際に「フィールドワーク」を行う。作中に登場するアーティストの作品を美術館へ見にいくのが基本だが、アーティストの足跡をたどって、生まれ故郷やアトリエがあった町、代表作が描かれた場所などへ、実際に足を運ぶ。綿密なリサーチと取材を敢行して、まずはプロット（あらすじ）を作り、それからようやく書き始める。そんなふうだから、ひとつの作品を仕上げるのに、けっこう時間がかかる。構想から書き始めるまでは大体三年くらいかかるのがふつうで、『楽園のカンヴァス』は学生時代からずっと心の中であたため続けて、本になるまで三十年近くかかってしまった。時間をかけたからいいとは限らないが、少なくとも私にとっては、かけた時間のぶんだけアーティストと親密な時を過ごしていることになるから、思い入れもひとしおである。

美術史を下敷きにした拙著を読んだ方々からは、「どこからどこまでが事実で、どの部分がフィクションなのですか？」とお問い合わせをいただくことがある。確かに、小説の中では、史実と創作が入り混じって、はっきりとした線引きはしていない。が、あえてそうすることで、「ひょっとしたら、マティスにはこんなことがあったのかもしれない」「もしかすると、モネはこんなふうに言ったのかもしれない」と、読者に勘ぐってほしい、と思って書いている。「いやいやモネはそんなふうには言ってないだろ」と、専門家には突っ込まれてしまいそうなことも、思い切って書いてしまっているのだが、そこは小説の強みというか、実にいいところで、「まあ小説だから」とお許しいただいている。

ただし、自分自身の大切な決まりごととして、美術史小説を書く際には、その登場人物となるアーティストに対して最大限の敬意をもって描く、ということは守っている。そのアーティストを貶《おとし》めるために小説を書くわけではない。尊敬しているからこそ、書くのである。ゆえに、読者にとっては、そのアーティストの知られざる側面を知るきっかけとなり、新しい目で彼らの作品を観るようになっていただければ、と願っている。私が書いた小説を読んで、アートに関心を持っていただければ、こんなにうれしいことはない。

「アートへの入り口」となる小説を書くのであれば、責任をもってしっかりと下調べし、襟を正して書かなければ！　と、自分に言い聞かせている。そんなわけで、小説を書き始める最初の一歩となる「画家の原風景」を訪ねる旅は、私にとって最重要業務なのである。だから旅に出るのである。——と、ここまで、旅に出るための長い言い訳でした。

◆

さて、「画家の原風景」を訪問する旅。まだまだ絶賛続行中である。

その中のひとり、フィンセント・ファン・ゴッホ。そう、いまや世界中のアートファンに愛され、日本でもとりわけ多くの人々に熱烈に愛好されている、あのゴッホである。

私は、ゴッホの弟で画商だったテオを主人公にした小説『たゆたえども沈まず』を刊行した。テオの話ではあるのだが、その実、ゴッホの話なのである。

ゴッホファンの人であればよくご存じかと思うが、ゴッホとテオは、兄弟というよりも「ソウルメイト」といったほうがいいくらい、強い絆《きずな》で結ばれていた。画家として長らく不遇の時代を過ごしたゴッホを、テオは献身的に支えた。わずか三十七歳でゴッホが死去したあと、一年と経たずに、まるであとを追うようにテオも他界している。そして現在は、パリ郊外の小さな町、オーヴェル＝シュル＝オワーズの墓地で、ふたり並んで眠っている。

ゴッホに関しては、作品はもちろんのこと、彼自身の人間性や、波乱に満ちた生涯だったこともあって、死後百二十五年も経った現在もなお、多くの人々の関心を惹きつけてやまないのだと思う。

私自身は、ゴッホの作品には抗いがたい魅力があることは認めていたが、長いこと深く知ろうとはしなかった。深入りすると抜け出せなくなるように感じていたから、あえて避けていたのかもしれない。逆にいえば、それほどまでに強い興味を持っていたのだと、いまならわかる。

予感は見事に当たって、私は、かなりどっぷりとゴッホの世界に浸ってしまい、これは並大抵のことでは抜け出せないぞ、と覚悟を決めた。

なぜゴッホにフォーカスしたかというと、十九世紀末のパリを舞台にした、印象派や近代絵画を生み出した画家たちの「闘い」の日々を追いかけているうちに、どうしてもゴッホは避けて通れないと感じたからだ。ゴッホは、創作においても生き方においても、ずば抜けてユニークで、とてつもない存在だった。ゴッホについて調べ始めてみると、この人を書かずして、私はこの先美術史小説を書くことはできない、という結論に至った。

正直、入り込んでしまっていいのかどうか、不安もあった。ちょっとやそっとでどうにかなる相手ではない、たやすくないぞ、と。しかし、考えてみれば、セザンヌもモネもピカソも、決してたやすくない相手であった。たやすくないからこそ、書くことは喜びだった。自作の中で巨匠たちとあいまみえた体験に励まされて、私はゴッホに取り組むことを決めたのだった。

さて、となれば、ゴッホ巡礼である。まずはどこから行こうか、と「原風景探訪」のプランを立てるにあたって、ゴッホの足跡を調べてみた。

ふーむ、どれどれ、まず生まれはオランダのズンデルト、その後ティルブルフ、ハーグ、ロンドン、パリ、イギリスのラムズゲート、アイズルワース、オランダのエッテン、ドルトレヒト、アムステルダム……（中略）、パリ、アルル、サン＝レミ＝ド＝プロヴァンス、最後はオーヴェル＝シュル＝オワーズ……。

ってなんだこの移動っぷりは！

すごい移動である。ものっっっっすごい移動である。まったくもって、安住の地を見出せなかった、それがゴッホの人生なのであった。

ここまで移動されると、一、二年くらいで彼の足跡をすべてトレースすることは不可能な気がする。とはいえ、すべての場所に行ってみたい、という気もする。ああいったいどうしたらいいんだ、なぜそんなにも移動ばっかりしたんですかフィンセント！　と、書き始めるまえからゴッホに文句のひとつも言いたくなってくる。

しかし、文句ばかり言っていて出かけないわけにもいかない。ならば、ゴッホが、実質的にその創作の円熟の頂点に達した場所――パリ、アルル、サン＝レミ＝ド＝プロヴァンスと、終焉《しゅうえん》を迎えたオーヴェル＝シュル＝オワーズあたりに焦点を当てて旅するというのはどうだろう？　そうだそうだ、それがいい！　と、ひとりゴッホ巡礼の旅検討会議の結果、そう決まった。そして最後に、ゴッホの主要作品をまとめて見ることができるアムステルダムのゴッホ美術館を訪問しよう、ということでいかがでしょうか。

異議なし！

23　ゴッホの描いたカフェ

さて、画家の原風景を訪ね歩く旅を続行中である。

この旅は、私が以前から旅する際に心がけてきた「フーテンスタイル」とは多少異なっている。フーテン旅のときは、特に目的を設けず、風の吹くまま気の向くまま、各駅停車の旅で、見知らぬ駅にふらりと降り立ち、そのままふらふらと見知らぬ町を歩いて、気が付いたら見知らぬ食堂で見知らぬおじさんと向かい合わせに定食を食べていた……という感じなのだが、さすがにそんなことをしていた画家はいないだろう（いや、いたかもしれないけど）。

とにかく画家の原風景を訪ねるとなったら、フーテンスピリットはいちおうキープしつつ、画家が経てきた道のりをこつこつと辿《たど》ろうではないか、と決めて旅しているのである。

目下、私が追いかけているのは、フィンセント・ファン・ゴッホである。めちゃくちゃ定まらない人生を送った人で、オランダ、ベルギー、イギリス、フランス各国各所をうろうろうろうろ、ずっと移動し続けていた。物理的に一か所に定まらなかったということでもあるが、実は職業もなかなか定まらず、画廊の営業マン、宣教師、書店員などなど、くるくると変えてゆき、ようやく「画家」に照準を定めたのは二十七歳のときだった。生涯ゴッホの後ろ盾となり、経済的にも精神的にも支え続けた弟のテオが、十六歳で画廊のスタッフになってから死ぬまでずっとギャラリストであったことを考えると、いかにゴッホが画家としては遅咲きであったのかがわかる。いや、彼は結局、生きているあいだには「咲く」こともできなかった。生前に、たった一枚しか絵が売れなかった――という逸話はあまりにも有名だが、この一枚もテオが知り合いのオランダ人女性画家に売ったもので、結局、ゴッホは世間一般に評価されることなく、わずか三十七歳でその生涯を終えたのである。

伯父の口利きで、有名な画廊「グーピル商会」のハーグ支店で、十六歳のときに社会人としてのキャリアをスタートしたゴッホは、もともと芸術に対する独特のセンスを持ち、画廊の仕事や各地を転々とする中で、次第に「画家になりたい！」という思いを膨らませていったようである。そして、驚くべきことに、二十七歳で本格的に画家を目指すようになってから、たった十年間しか活動していないのだ。さらには、テオを頼ってパリに出てきた一八八六年から、パリ近郊の町、オーヴェル＝シュル＝オワーズで自ら命を絶つ一八九〇年までのわずか四年余りのあいだが、ゴッホの円熟期と言われ、もっと言えば、パリから南仏・アルルとその近郊の小村、サン＝レミ＝ド＝プロヴァンス、そしてオーヴェルと、最晩年の三年間こそが、ゴッホの芸術が頂点に達したと言っていい時代なのだ。実際、彼の作品集などを眺めてみれば、一目瞭然《いちもくりょうぜん》である。最晩年の三年間。南仏の町とパリ近郊の小村で、いったいゴッホは何を見、何を体験したのか。これはもう、行ってみるほかはあるまい。

◆

八月上旬、アルルを目指して、ゴッホ巡礼の旅が始まった。

アルルへは、パリから高速鉄道TGVで四時間ほど。おりしもヴァカンスシーズンで、パリの街中は人が少なく、がらんとしていた。「八月になるとヴァカンスシーズンに突入するから、パリには人がいなくなる」と以前から聞いてはいたが、実際そうだった。

いったい皆さんどこに行っちゃったの？　と思っていたら、いましたいました、アルルに！　いやもう、パリ市民が全員集結したんじゃないかってほどに、アルルの中心部は人で溢れ返っていてびっくり。「めちゃくちゃ人がいる！」というのがアルルの第一印象であった。

アルルは、はるかな昔、古代ローマの支配下にあった時代があり、旧市街の各所にそのときの遺跡が多数残っている。円形闘技場だとか噴水だとか、浴場の跡地まで残っていて、うっかりゴッホじゃなくてローマ帝国の足跡を辿る旅をしてしまいそうになるほど、見どころ満載である。そしてアルルに足を踏み入れるまで、アルルがこれほどまでに豊かな歴史に彩られた街であることにまったく気づかなかった。ほんとにただのゴッホおたくな私であった。

しかしながらアルルに来てみて、最初に感じたのは、その強烈な太陽の印象である。とにかく、まぶしい。ぴっかぴかにまぶしい。目を開けていられないくらい強い日差し。石造りの古代遺跡や古い街並みが強い日差しにさらされて経年のために白っぽくなっているのも、まぶしく感じられる一因なのだと思われたが、太陽にかんかんと照らし出される風景と、つねに全身が照りつけられている感覚が、ゴッホの芸術に大きな変化をもたらしたのはまちがいない、と直感した。

ゴッホが生まれたのは、オランダ南部の小さな村で、寒々しい場所であった。その後、転々としたさきもすべて、それほど強い日差しの場所はなかった。パリやロンドンは、都市としての華やぎはあっても、日照はそれほどでもない。アルルに来たとき、ゴッホは三十五歳。人生で初めて、これほどまでの太陽を経験して、一気に彼の芸術の開花が進んだのだ。ほんとうに、こういうことは、来てみないとわからないことなのである。

光溢れる暖かな風土。そこに暮らす人々は、きっと明るくオープンな気質に違いない。アルルの人々は、よそ者のゴッホを快く受け入れた。モデルを雇う経済的余裕のなかったゴッホは、周囲の人々をモデルにして数多くの肖像画を描いているが、アルルでも同様だった。アルルの人々は、パリからやってきたオランダ人画家の要望に気さくに応え、ポーズをとった。アルルで生まれた肖像画に優れた作品が多いのは、きっとそんな理由もあってのことだろう。

そもそも、なぜゴッホはアルルへやってきたのか。

画家を目指すこと自体出遅れたゴッホには、実は、強いコンプレックスがあったように私は思う。パリで沸き起こっていた新しい芸術の洗礼を受け、「自分こそが世界を変えるんだ」と意気込む若い芸術家たちと交流して、自分も人とは違う何かをしたい、自分自身の表現をみつけたい、と願ったに違いない。そのためにはパリではだめだ、どこか別の場所に行かなくては、との焦りがあったのではないか。つまり、パリにはあまりにもたくさん優秀な画家がいて、自分はその中に埋もれてしまうんじゃないかと。だから、いっそパリから遠く離れた場所で、新しいモティーフ、自分だけの表現をみつけようと一念発起した。……と、ここまではあくまで私の想像なのだが、あながち間違ってはいない気がする。

そして、なぜアルルだったのか。画家仲間のロートレックに「アルルはいいぞ」と囁かれたことも理由のひとつだったらしいが、ポール・ゴーギャンが地方の小村、ポン＝タヴァンで芸術家仲間と新派を作ったことを模して、自分も芸術家仲間を呼び寄せて「アートのユートピア」を創りたいと願った——というのが最大の理由だった。そのためには、パリから遠く離れた場所で、気候がよくて、毎日気楽に画業に励めるところが理想的である。そこにまず自分が先陣切って乗り込み、いい作品をたくさん描いて、「どうだ、すごいだろう！」と仲間に見せつけて、その気にさせて、続々仲間たちが駆けつける――という妄想をしたのかもしれない。そんな想いひとつを胸に抱いて、ゴッホはアルルへやってきたのである。

実際、アルルに来てからの数か月間、ゴッホはほんとうによく仕事をした。次から次へと、溢れんばかりに絵を描き続けた。「アルルの跳ね橋」「夜のカフェテラス」など、ゴッホといえばあの作品！　という数々の代表作を、わずか数か月のあいだに生み出した。オランダやパリにはない風景と、それを照らし出す強烈な太陽が、ゴッホの心をのびのびと自由にし、仕事に向かわせたのだろう。

その結果、ゴッホの呼びかけにようやく応えて、アルルへやってきた画家がわずかにひとりだけ、いた。ゴーギャンである。画友の到来を、どれほどゴッホが喜んだことか。ゴーギャンが来る！　と狂喜乱舞して、そこからまた数々の名作が生み出された。ほんとうに、ゴッホは、泣けるくらい単純で、純粋で、まっすぐな人なのだ。

ゴッホが描いた「夜のカフェテラス」。そのカフェは、いまも同じ場所にあり、夜遅くまで営業している。夜半に、そのカフェを訪れてみた。テラスの灯りがこうこうと石畳の通りを照らし出し、漆黒の空に星々が見えた。テラス席の人々は、ワインを飲んで談笑し、いつまでも帰らない。ゴッホの絵、そのままの風景。その場所をみつめる画家のまなざし。その情熱と孤独を感じながら、私もひととき、ゴッホの風景の一部となって、そこで過ごした。ここにいたいと思った。いつまでも。

24　アイリスの花

一八八八年、芸術家の理想郷を作り出すことを夢見て、三十五歳のゴッホはたったひとりでアルルへやってくる。「一緒にアートのユートピアを作ろう！」という彼の呼びかけに応えたのは、わずかにひとり、ポール・ゴーギャンだけだった。それでも、ゴッホはどれほど喜んだことだろう。自分とゴーギャン、ふたりで世界を変えるんだ！　と意気込み、平均すると二、三日に一枚という驚異的なスピードで次々に絵を描いた。

アルルの街中には、ゴッホがイーゼルを立てて描いた風景があちこちに残っている。ゴーギャンと共同生活した「黄色い家」の跡地に行ってみると、そこには妙にモダンなデザインの小学校の校舎が建てられていて、黄色い家は跡形もなく消されていた。が、そのすぐ近くを流れている川は「ローヌ川の星月夜」の舞台となった風景をいまなお残していた。星々がきらめくうす明るい夜空のもと、川沿いをそぞろ歩く男女の姿が描かれた叙情的な絵。私が訪れたのは真夏の真昼だったものの、橋や川岸の様子はそのままだった。きっと夜には降るような星空が川の上に広がることだろう。

ゴッホが待ちに待った朋友・ゴーギャンとの共同生活だったが、「えっ!?」というくらいあっけなく終わってしまう。わずか二か月ほどで、ゴーギャンはパリへ戻ってしまうのだ。アーティスト同士、ふたりとも激しい気性でぶつかり合いも多かったのだろうか。そこで起こったのが、かの有名な「耳切り事件」である。

ゴーギャンがパリに帰ることになり、「アートのユートピア」は結局かなわぬ夢となった。絶望したゴッホは、発作的に自分の耳の一部を切り落とし、馴染《なじ》みの娼婦に送りつけるという異様な行動に出た。この事件は警察沙汰《ざた》になり、地元の新聞でも取り上げられ、ゴッホはアルルの精神病院に半ば強制的に入れられてしまった。

この病院はいまも残されていて、ゴッホ関連の展示をしている。「狂人」のレッテルを貼られてしまったゴッホだったが、入院中も絵を描くことをやめなかった。頭に包帯をつけてパイプをふかしている「包帯をしてパイプをくわえた自画像」は、ゴッホが数多く描いた自画像の中でもつとに有名な一作だが、これも入院中に描かれたものだ。異様な色をたたえて、じいっとこちらを洞察するようなまなざし。自分自身の目をみつめて、不遇から逃げることなく正直に描いたこの作品は、「何がなんでも描き続ける」という画家としてのゴッホの信念が表れていて、ぞっとするほどの凄《すご》みがある。実際にその絵が描かれた精神病院跡地に行ってみると、どこかしら殺伐としていて、もの寂しい場所である。こんなところでも描き続けたのか、とその信念の強さにうならされてしまった。

三か月ほどアルルの病院への入退院を繰り返していたゴッホは、その後、担当医の勧めもあって、アルル近郊の小村、サン＝レミ＝ド＝プロヴァンスの修道院付属の精神病院に転院する。このいきさつがまた壮絶なのだ。

その頃、ゴッホを経済的に支えていたのは、パリで画商をしていた弟のテオだった。テオは、兄が画家になるまえから、そして画家となってからはなおのこと、献身的に兄を支えていた。ゴッホはテオの支援に応えたいという思いがいつもありながら、なかなかそうできない。ついに警察沙汰になる事件まで引き起こしてしまった彼は、南仏で平常な精神を取り戻し、テオの待つパリへ帰りたいと願った。そのためには、ただひたすら絵を描き続けること以外にはない。サン＝レミの病院では、リハビリの一環として、外に出て絵を描くことも許されると知ったゴッホは、自ら望んで転院するのである。

ゴッホの時代には馬車で移動したアルルからサン＝レミへの道を、車で走った。それこそ絵に描いたような田園風景が広がり、遠くの山々は見覚えのある特徴的なかたちをしている。ゴッホが描いた風景画の中に登場する山々だと、途中で気がついた。いちめんの麦畑や、天をつくように勢い良く伸びる糸杉。どの風景にも既視感があった。いまならほんの三十分ほどで到着する道を、ゴッホはいったいどんな思いを胸に、馬車に揺られて行ったのだろうか。

ゴッホが約一年間入院したサン＝レミの修道院付属の病院跡地は、サン＝レミの町の外れにひっそりと残されていた。本来ならば、とっくに取り壊されてしまったかもしれ

アイリス

ないようなごく地味な施設である。が、「あのゴッホが入院していた」ということで、なんとも皮肉なことに、いまでは町いちばん（と言っていいと思う）の観光スポットになっているのだった。
　私が到着したときは閉館の一時間まえだったので閑散としていたが、それでも何組かの熱心な「ゴッホ巡礼者」が私とともに入っていった。
　門から敷地内へと続く小道沿いに、アイリスが植えられているのが目に入った。花は咲いていなかったものの、とがった葉が生い茂り、そのそばにゴッホが描いた「アイリス」の複製画のパネルが添えられてあった。いつだったか、オークションで「天文学的」価格で落札され、いまはロサンゼルスのJ・ポール・ゲティ美術館のコレクションとなって、世界中から人々が観にやってくる、あの一作だ。私は何度かその作品をゲティで目にしたことがあるが、激しい色彩と生命感にあふれた、まごうかたない傑作であった。

あの作品がここで描かれたのか、と不意に胸を衝かれた。ゴッホがこの場所に到着したのは一八八九年の五月。アイリスの花咲く季節である。いかにも小さな一隅に咲き誇っていたアイリスに、この病院に到着したばかりのゴッホは目をつけたのだ。そして、みずみずしい藍《あい》色の花々を、ありったけの情熱を込めて描き上げたのだ。

この世界一ささやかな一隅で描かれた絵が、いま、世界中の人々に愛されている。その皮肉と幸運を私は思った。

おそらくゴッホは、自分の絵の行く末を信じて描いたわけではない。そのとき、ただ、そうしたかった。それだけだった。それで、よかったのだ。

画家の突き上げるような思いが、時を超えて、その瞬間、私の胸に届いた。ほんとうの「画家の原風景」に触れた、かけがえのない瞬間だった。

25　ゴッホのやすらぎ

　画家の原風景を訪ねて～ゴッホ編～が思いのほかいつまでも続き、自分でもびっくりするくらいなのだが、今回が最終回である。

　ゴッホは三十七年の生涯の晩年を、母国オランダではなく、また頼りにしていた弟・テオとともに暮らしたパリでもなく、南仏の街、アルルとサン＝レミ＝ド＝プロヴァンスで過ごした。

　もっとも不遇な時期を過ごしたこのふたつの町で、しかし、ゴッホは画家としての絶頂に達する。現在、私たちが、ゴッホと聞いて「ああ、あのひまわりの……」とか、「星月夜の……」とか「けわしい顔の自画像の……」とか思い浮かべる「ゴッホ的な」作品の多くは、アルルとサン＝レミで描かれたものだ。

　南仏のふたつの町を訪ねてみて、私は、ゴッホがとことん追い詰められたからこそ底知れない力を爆発させたのではないか、と思うようになった。特に、サン＝レミ時代のゴッホは、自分の置かれていた状況をなんとか変えようとするかのように、精神病院の周辺の牧歌的な風景に取材し、糸杉と降り注ぐような満天の星、萌《も》え盛る草むら、絢爛《けんらん》と咲き誇るアイリス、花咲くアーモンドの木々など、生命のきらめきを凝縮させた傑作の数々を描き上げたのだ。そんな状況になっていても、いや、なったからこそ、ゴッホは描いた。描き尽くした。その真実は、百二十年以上の時を経てかの地を訪ねた私の胸を激しく打った。

正直に告白すると、私はゴッホという画家があまり好きではなかった。絵が情念的すぎるというか、ちょっとコワい感じがして、「なんだかついていけないなあ」とたじろいでしまう。ゴッホの絵というのは、その強烈な磁力で見る者をぐっと引き寄せもするし、怖がらせて突き放すようでもある。その激しすぎるオーラに小心者の私はビビってしまっていたのだった。

ところが実際に彼が晩年を過ごした地を訪れ、彼がそのときに置かれていた状況を考えてみると、ゴッホがいかに命がけで絵を描いていたのかがよくわかった。友は去り、周辺からは異常者扱いされ、頼りの弟には合わせる顔もない。かといって自分にできることは、絵を描くこと以外ない。必ず快復してパリに帰る、そのためにも絵を描き続けるから、仕送りを止めないでくれ——と、支援してくれていたテオへの必死のパフォーマンスでもあったに違いない。生きるためには描くほかはなかったのだ。

ゴッホが療養したサン＝レミの修道院——いまでは町の観光遺産となって保存されている——を訪れて、私は考えた。はたして自分がゴッホだったらどうしただろうか？　へコんでしまって絵なんか描けなくなるのではないか？　そしてもう二度と立ち直れなかったかもしれない……。

しかし、ゴッホはそこでヘコまず、挫折することなく、猛然と描いたのだ。ひたむきに、まっすぐに、命のすべてをぶつけて。そこで私は、ようやく「ゴッホはすごい！」という結論に至った。どん底で切羽詰まったときにこそ溢れ出るクリエイティビティを持っていた画家。こんな画家はほかにはいない。ああゴッホ！　ビバゴッホ！　ゴッホっていまごろ気づくな！　と往年のゴッホファンの方には叱《しか》られそうですが、巡礼の結果、私の中には確固たるゴッホ愛がついに芽生えたのだった。

◆

ゴッホ晩年の足跡を追い続けた私は、とうとう彼の終焉の地、オーヴェル＝シュル＝オワーズにたどり着いた。

ゴッホはサン＝レミの精神病院で一年ほど療養し、医師もテオも驚くほど旺盛《おうせい》に創作をした。サン＝レミ時代はおよそ百点もの作品を描き上げたという。だいたい四日に一点、超人的ペースだ。

もうここを出てもよいだろう、と医師の許可を得たゴッホは、喜び勇んで弟・テオの待つパリへと戻った。一八九〇年春のことである。が、兄が南仏に行っているあいだに、テオは結婚し、息子が生まれていた。弟には守るべきものがあるのだ、と得心したからかどうかはわからないが、ゴッホはようやく帰ってきたパリを再び去る決意をした。そ

して、前衛画家たちの支援者を自任していたコレクターで精神科医のガシェ医師を頼って、パリ近郊の小村、オーヴェル＝シュル＝オワーズへと移り住む。

この町にはゴッホが下宿したカフェがいまなおあるという。そしてゴッホの墓も。これはもう、行ってみるしかない。

オーヴェルは、パリから普通電車で小一時間ほどのところにある小さな町である。ゴッホが人生の最後の日々を送った町には、ゴッホの「画題」が溢れていた。通りを歩けば、見覚えのある庭に行き当たる。坂道を登れば、冴《さ》え渡った青で描かれたあの教会がぽつりと建っている。そして、彼が最後に描いたという「カラスのいる麦畑」――嵐《あらし》の気配を含んだような、どことなく不穏な色に染まる空、風にざわめく黄金色の麦畑。その上を舞い飛ぶカラスの一群。

何か不吉な予感を孕《はら》んだ絵は、ゴッホが自らの胸にピストルで弾を撃ち込む直前まで描かれた――というまことしやかな伝説がつきまとっている。

ゴッホが「自殺を図る直前まで見ていた風景」を見るために、私は、麦畑のあぜ道を歩いていった。

私が訪れたのは秋だったから、麦畑はすっかり刈り取られたあとで、抜けるような青空がすっからかんの畑の上に悠々と広がっていた。ゴッホがイーゼルを立てて絵を描いた地点は、二本のあぜ道が交差する「十字路」だった。交差したあぜ道の一方はどこか農村のはずれまで続いているようだった。

私は、そのあぜ道をしばらくまっすぐ歩いてみた。真ん中あたりまで来ると、そこで歩みを止めた。そして振り向いた。

ずっと遠くに石造りの壁が見えた。そこは昔からある村の墓地だった。ゴッホはあの墓地に背を向けて、あぜ道の十字路にイーゼルを立て、この風景を描いたのだ。いずれその墓地に自分が埋葬されることになろうとは、そのとき、彼は予感しただろうか、それとも想像もしなかったのだろうか。

――なぜまっすぐに歩いていかなかったのだろう、と私は思った。十字路にイーゼルを立てずに、この道をまっすぐに行けば、もっと違う風景を見られたかもしれない。あるいは、誰かと出会ったかもしれない。新しい何かを見つけたかもしれない。

けれどゴッホはそうしなかった。十字路にイーゼルを立て、それ以上先には進まなかった。それが彼の運命だったのだ。

旅の終わりに、私は、ゴッホとテオの墓所を訪れた。ゴッホが亡くなって半年後、あとを追うようにしてテオもまた天国へと旅立った。ふたりの墓所はみずみずしい常緑のツタに覆われていた。美しく、おだやかで、平和な場所に、ふたりはともに眠っていた。

ゴッホが長い旅路の果てに、ようやく手に入れたやすらぎ。私もまた、その風景に、ようやくやすらぎを見つけたのだった。

26　猛吹雪の福岡

ここのところ、日本列島は異常気象に振り回されている。

たとえば、この冬の異様な暖かさ。読者の皆さんもご記憶に新しいかと思うが、ちょうどバレンタインデーの頃、東京はなんと最高気温23℃もあったそうである。って初夏じゃないですか!?　いやいやバレンタインデーは違うでしょ、小雪の舞う中恋人たちが肩を寄せ合って「はいこれ、手作りチョコと手編みのマフラー」「えっ、僕のために作ってくれたの？」「うん、あったかハートを込めて……♡」っていう日でしょ？　カンカン照りの日差しの中で「はいっ、これチョコレートアイス！　キンキンに冷えてるよ♡」「うひゃっ、冷た！」って日じゃないでしょ！　と太陽に向かってツッコミたくなるというものだ。

しかし昨年、そして一昨年の冬は、日本全国、激しい雪に苛まれた。とくに一昨年の冬は自宅のある蓼科でも見たこともないような降雪を記録し、おおげさでなく自分の身の丈ほど雪が積もっているのを目《ま》の当たりにして、本気でビビってしまった。いつもは雪が降れば喜んで庭駆け回る愛犬のジャムも、駆け回るどころか雪に埋もれて遭難しそうになっていた。

それなのに今年のこの暖冬っぷり、これでいいんだろうか。冬はやっぱりちゃんと寒いほうがいいんではないか？　地球温暖化の問題にもっと各国政府が真剣に取り組まなくてはならないのではないか？　などとつらつら思っていたら、とんでもないところでとてつもない大寒波に見舞われてしまったのである。

◆

一月下旬の週末、私は講演会の講師として招かれ、佐賀《さが》と福岡を訪問した。佐賀では県主催のイベントとして「アートと文学」について語り、福岡では市美術館で開催中の「モネ展」の記念講演を依頼されていた。

最近、私はアート関係の講演会を依頼されることが多いのだが、喜んでお引き受けしている。大好きなアートのことを語るのは大きな喜びだし、読者の皆さんと直接お目にかかれることは何よりうれしい。もっというと、フーテンの身としては、講演会を理由に日本各地へ旅することができるのもありがたい。一石二鳥、三鳥なのである。

さて、喜び勇んで佐賀入りした私を待ち受けていたのは、「この週末は観測史上最大の寒波が九州に到来する」というニュースだった。講演会を主催する佐賀県の担当者は「もし大雪になって集客できなかったらどうしましょう」と青くなっておられる。が、私は一笑に付した。そして言い放った。

「大丈夫です。なぜなら私は超絶晴れ女なのです。私が行くところほとんど晴れなのです。お任せください！」

何を根拠にこれほどまでに豪語できるのかといえば、まったくなんの根拠もないのだが、前述の通り、私は「太陽オペレーター」と呼ばれるほどの晴れ女。快晴とまではいかないにしても、たいがいの雨は止める自信がある。だから平気なのだ。大丈夫なのだ。誰がなんつったって大丈夫ったら大丈夫なのだ！

ということで佐賀入り翌日の講演会は、見事にぎりぎり曇天で雨も雪も降るには至らなかった。佐賀県の皆様方には「さすがですねえ」と感心していただき、「いやあ、それほどでも……」とちょっぴり自慢げな私。いや別に全然私の手柄じゃないんですが……。

しかしながら問題はその翌日、日曜日の福岡市美術館での講演会のほうである。「モネ展」開催と連動して、モネの作品と人生、そして拙著『ジヴェルニーの食卓』について語るよき機会である。が、ほんとにしゃれにならないほどの大寒波が到来しつつあるようだった。刻一刻と攻め込んでくる冬将軍といかに闘うべきか。うーむ、しからばここは腹を据えてじっくりと挑むほかはあるまい（要するに何もしないということなのだが……）。

福岡では、古くからの友人である大久保京《おおくぼみやこ》さんのお宅に泊めていただくことになっていた。京さんはもと北九州市立美術館の学芸員で、福岡市美術館の学芸員であるご主人の山口洋三さん、ふたりのお子さんとともに博多《はかた》在住。福岡に行くたびにお邪魔させていただいているのだが、なぜかといえば、山口家の空気がとてつもなくなごむからだ。なごむ理由は数あれど、なんといっても山口家には四匹の猫がいる。この猫たちが思い思いにくつろぐのを眺めていると「ああ、締め切りどうしよう……ま、いいか」となるのである。

四匹の猫たちを文字通りネコっかわいがりしている京さんは、大変ユニークな仕事をしている。それは「書肆《しょし》吾輩堂《わがはいどう》」という名の猫本専門のネット本屋である。主に猫関連の古本と猫グッズを扱っているこのオンラインストアは、京さんの猫好きが高じて二〇一三年の二月二十二日（猫の日）に開店、全国の猫マニアによって熱烈に支持されている。もと学芸員だけあって、京さんの本やグッズのチョイスはアート心に溢れている。そして山口家の猫たちは、実はペットではなく吾輩堂のれっきとした店員なのである。その働きぶりたるや……。京さんいわく「あいつらは冬になると部活の朝練夜練で忙しい」と。猫店員たちは朝夕ストーブの周りに集まってごろごろするという「ストー部」の部員でもあるのだ。うらやましすぎる部活……。

話が天気ではなくて完全に猫のほうにもっていかれてしまったが、佐賀での講演を終えたのち、私は福岡入りした。ちょうど博多駅に着いた頃、しんしんと雪が降ってきた。

が、私は「まあ大丈夫だろう」とたかをくっていた。京さんと待ち合わせして、おいしいと評判の（そして大将があまりにも無口ということで有名な）寿司店に繰り出した。次第に雪と風が強まってきて、やがて尋常ではない降り方になってきた。これは一刻も早く帰ったほうがよさそうだ。無口すぎる大将を目の前にしてカウンター席にふたりきりの客、笑い声すら立てられなかった私たちは、タクシーを呼んでもらって早々に退散した（しかし握りは絶品だった）。

雪の降りしきる中、山口家に到着。さっそく絶賛夜練中のストー部部員の猫たちに交ざってストーブにぬくぬくあたっていると、ご主人の洋三さんがいかにも心配そうな顔で現れた。そして「ひょっとすると明日、美術館が閉鎖になるかもしれません」と言うではないか。ええっ、どういうこと!?

「ほんとうにとんでもない寒波がきているようで……美術館は市の施設なので、福岡市の基準に則って閉鎖ということもあり得ます」

ううむ、なるほど……公共の施設ともなれば、市民を危険な状況にさらすわけにもいかないというわけか。

「ということは、講演会も中止……？」

青くなって私が言うと、

「まあ、そういうことになりますね。美術館が閉鎖になっているのに講演会だけやるわけにはいかないので……」

もっともな答えが返ってきた。

なんということだろう。これほどまでの事態に遭遇したのは、フーテン史上初である。数年まえ、ニューヨークへ取材に行った際にちょうどハリケーンが到来してマンハッタンが大停電になったときですら、私の乗った飛行機は無事着陸した。大雪に見舞われたロシアでも私が乗った電車は果敢に走った。それなのに……ああそれなのに福岡で雪に阻まれようとは！

ところで、福岡市が美術館の閉鎖を決定する基準はなんなのか。積雪三十センチ以上とか、風の強さが何メートル以上とか、そういうことなのだろうか？　晴れ女としては威信をかけて風雪対策を練らねばなるまいと思い、山口さんに閉鎖基準を尋ねたところ、意外すぎる答えが。

「西鉄《にしてつ》バスが動いているかどうかです」

福岡の主力公共交通機関・西鉄バスと美術館は命運を共にするという事実。私はストーブにあたりながら天を仰いだ。おお西鉄バスよ、動いておくれ。講演会の行く末はバスに握られた……！

翌日、福岡市内は猛吹雪となった。が、美術館の門は開かれた。なぜなら西鉄バスがちゃんと運行したからである。そしていちばんすごかったのは福岡市民の皆さん。大寒波にも負けず、続々と講演会に来てくださったのだ。私は心底感動した。そして、百三十年以上もまえに大寒波がパリを襲ったそのときにこそ、モネは、風景は時々刻々と変化するのだと気づき、独自の画風を見出したことを、ありったけの熱をこめて語った。

いやはや、今回ばかりは福岡の底力を見せつけられた。そして吹雪の一昼夜、猫部員たちはひたすら部活に勤《いそ》しんでいた。何もかもが忘れ難い福岡冬の陣であった。

27　ナポリでスパゲッティを

旅をするのも大好きだが、食べるのも大好きな私である。

そもそもフーテン旅の始まりは、御八屋千鈴とのグルメふたり旅だった。本書でも繰り返し登場した「ぼよグル」は、軽くSeason.30くらいはいっているだろう人気シリーズ（私と千鈴のあいだだけではあるが……）に成長した。日本全国津々浦々訪ねていって、地元のおいしいものを堪能する。十数年かけてあっちこっちしているうちに、気がつけば四十七都道府県訪問を制覇してしまったので、いまや市町村レベルで攻めている。

どんな街にも、そこの名物になっている食べ物がある。伝統のお菓子、地元の食材を使ったもの、はたまた地元のおばあちゃんが考案したB級グルメ……ほんとうはここに地酒を入れるべきなのだろうが、実は私、下戸なので、残念ながら地酒の楽しみを逸している。地方に行くと、地元の料理屋で地元の名物を食べつつ地元のお酒を堪能している人を見るにつけ、うらやましく思う。

そんな私が、人生の後半戦をかけて「旅をするならこの『食文化』を目的に！」と決めてかかっていることがある。「食事」とか「食べ物」とか「グルメ」とか「うまいもん」ではない。あえて「食文化」と言いたい。なぜか？　それは、「その土地の名前が冠についた食べ物（または食材）をその土地で食べること」を旅の目的に据えているからである。その土地やそこに住む人々が時間と歴史といい仕事でもって慈しみ育んだからこそ生まれたもの。それはつまり単なる食べ物ではなく、れっきとした食文化なのである。ううむ、そうか、なるほどなるほど。

と、いつのまにかひとり問答してしまったが、読者の皆様方は、いったいなんのことやらと思われたに違いない。つまりこういうことである。「スパゲティ・ナポリターナをナポリで食べる」とか「天津《てんしん》丼を天津で食べる」とか「ハンバーグをハンブルクで食べる」とか「松阪牛を松阪で食べる」とか、そういうことである。ちなみに「カレーをカレー（フランスの都市）で食べる」というのはこれに該当しない。「インドカレーをインドで食べる」というのはぎりぎりいけるがちょっと違うような……だって、インドでは誰もカレーを「インドカレー」なんて呼ばないでしょ？……さあ、どうですか？なんとなく「食文化」と言い張りたい気持ち、おわかりいただけましたでしょうか。

まあ、ここまでは「その土地の名前が冠についた食べ物」をわざわざ食べに、その土地へ出かけてみたい！　という食いしん坊の長い言い訳だったのだが。ちなみに私、前述した食べ物は、すべてその土地へ食べに行った。正直に言うと、松阪牛以外はわざわざ食べに行ったわけではなく、そこへ行ったからには食べないわけにはいかない、是非とも食べようじゃないかと意気込んだのである。

しかし、土地の名前と名物が渾然《こんぜん》一体となっている食べ物がある土地でその物を食べる（と自分で書いていてなんのことかわからなくなってきたが）ということは、往々にして「なんかこれイメージと違う」という結論に達するということもまた、長年のフーテン体験の中で習得済みなのも事実である。

たとえば、スパゲティ・ナポリターナをナポリで食べた体験談。

スパゲティ・ナポリターナは、私の三大好物のひとつに数えられている（あとのふたつは何かと訊かれれば、それはその都度変わるのでいまは話題にしないでおく）。とにかく、スパゲティ・ナポリターナ。いや、そんなスカした言い方は似合わない。いつものようにスパゲッティ・ナポリタンと呼ぼう。あのやや軟らかめに茹《ゆ》で上げられた麺に、ねっとりと絡むケチャップのどぎついオレンジ。具材は玉ねぎと（缶詰の）スライスマッシュルーム。ハムのピンクとピーマンのグリーンが麺の鮮やかさをさらに引き立てる。銀色の楕円のプレートにどーんと盛られて威風堂々。タバスコをふりかけ、さらには粉チーズをささっとふた振り、三振り。ケチャップの香りいっぱいの湯気を吸い込んで、いただきます！ ……とここまで書いて無性に食べたくなってきた。私は、子供の頃からこの「いわゆる純喫茶の軽食メニューにある正統派ナポリタン」が好きで、いまやなかなかみつけることができない「純喫茶」がいつか完全に姿を消してしまうのではないかと常々恐れているくらいなのである。だから「いつか本場でナポリタンを食べてみたいものだ……」と夢を描いていた。いや、ほんとに。

そしてついにそのチャンスが到来した。四年まえのことになるが、友人ふたりとともにプライベートでナポリに出かけることになったのである。ついでに言うと、ナポリ訪問のまえにシチリアに行ったのだが、「シチリアに来たんだから、なんとしても『ニュー・シネマ・パラダイス』のロケ地を見ないわけにはいかない」と駄々をこねて、ついに友人たちを口説き落とし、運転手付きの車を貸切りにして、どこだかわからないけどとにかくニュー・シネマ・パラダイスまで連れて行ってくれプレーゴ、と頼んだところ、あっちこっち迷走したあげく、一日がかりで本当にたどり着いてしまった。いったいどこだったのか、村の名前も覚えていないのだが、映画に出てくるそのままの風景が残っていて、「ニュー・シネマ・パラダイス展示館」みたいなものまであったから、間違いなく行ったんだと思う。

話が激しく逸《そ》れてしまったが、とにかく、私たちはシチリアからナポリまでフェリーで移動した。船がまもなくサンタ＝ルチア港に到着すると知るや、舳先《へさき》近くのデッキに陣取って「サンタ〜ル〜チィア〜サンタ〜ル〜チィア〜〜♪」と口ずさんだ私の胸中は、新大陸をみつけたコロンブスのごとく躍っていた。ついに……ついにスパゲッティ・ナポリタンをナポリで食べる日が訪れた！　おそらくは日本の純喫茶を凌駕《りょうが》する超絶なうまさで、ひょっとすると私は青の洞窟《どうくつ》の囚《とら》われ人のごとく、この地を去りがたい思いにからるやもしれぬ……おお運命の日がついにきた！

さあ、さっそくお楽しみのランチタイムである。私は友人たちに向かって「せっかくナポリに来たんだからスパゲッティ・ナポリタンを食べないわけにはいかない」と、シチリアのときと同じ戦法で駄々をこねた。友人たちも「せっかく来たんだから、そりゃあ食べたいよね」とのってきた。そして「どうせ食べるなら地元でいちばんおいしいナポリタンの店に行こう」ということになった。

まずはチェックインして、ホテルのコンシェルジュに尋ねることにした。「地元でいちばんおいしいスパゲッティ・ナポリタンの店を教えてプレーゴ！」と訊くと「スパゲッティ・ナポリタン？？」と怪訝《けげん》な顔をされた。そして「スパゲティ・アッラ・ナポリターナのこと？」と訊き返された。なるほど、本場ではそういうふうに言うわけね。「そうそう、それそれ。いちばんおいしい店はどこ？」「どこと言われても……どこにでもありますよ。近くに評判のレストランがあるので、そこへ行って頼んでみては？」と言われた。なんだか気のない対応だったので、そんなところに行っておいしいナポリタン、じゃなくてナポリターナが食べられるのか、もっと別のところに行ったほうがいいのではないか、日本からもってきたガイドブックに頼ったほうがいいのでは、日本人のナポリタンネットワークのブログを検索したほうがいいかも……としばし侃々諤々《かんかんがくがく》、議論するうちにお腹が空いてしまったので、結局コンシェルジュお薦めの店に行くことになった。

地元の人々が集まる気さくな雰囲気の店は、いかにもナポリらしく、これはいい感じかも、と期待が高まる。メニューも見ずに「スパゲティ・アッラ・ナポリターナ、プレーゴ！」とオーダーした。「シィ（はい）」とスタッフが薄いリアクションだったのがまた気になったが、わくわく、ドキドキ、待つこと数分。どーん！と白い陶器の皿に山盛りに出てきたのは、見たこともないシロモノだった。平べったいパスタにトマトソースがどばっ！その上に生のトマトがどん！ってトマト山か。いやいやいやいや、これは違うでしょ、これはスパゲッティ・ナポリタンじゃないでしょ？なんでなんでなんで？ナポリなのに〜!?

と半べそをかきながら食べたスパゲティ・アッラ・ナポリターナ。これが意外にもイケた。絶妙なアルデンテと、フレッシュトマトの甘酸っぱさが、さっぱりとして味わい深い。なんだかうれしいような、くやしいような、複雑な気分。が、食べ終わって、心の中で軍配を上げた。もちろん、純喫茶のナポリタンのほうに。

28 忘れじの街、天津

天津。

と書くと、私の胸は何やら切ない思いでいっぱいになる。いや別に、恋が破れた場所だとか、青春時代の思い出が詰まった街だとか、そういうことではまったくない、残念ながら。実は、天津に滞在したのは、この人生でわずか六時間ほどのことである。しかしこの六時間によって、天津は忘れ難い街となった。

前項で、ちょっとだけ天津の話をふっておいた。そう、「その土地の名前を冠した食べ物をその土地で食べる」という、あれだ。スパゲティ・ナポリターナをナポリで食べることに成功した私は、次はぜひとも天津丼を天津で！　と野心を燃やしていた。

そこへ飛び込んできたのが「豪華客船クルーズ体験記を執筆しませんか？」というオファー。なんでも韓国の釜山《プサン》からスタートして、天津に寄港し、あとは九州を周遊するクルーズなんだそうな。どこから乗ってもどこで降りてもいいということで、某出版社の編集者こぐまさん（仮名）と私は、釜山から乗って天津経由博多で下船というルートで、船中四泊五日のクルーズに参加することになった。もちろん、クルーズ体験も初めてで興味津々だったが、私のウラ目的は天津での寄港。天津市内半日観光バスツアーもオプションで参加可能とのことだったので、事前に申し込んでおいた。天津で天津丼を食べるチャンス到来、しかも船で上陸ってドラマチックすぎる。

　天津に到るまえに、まずはクルーズである。大型客船初体験の私にとって、船上のいろいろなことがいちいちおもしろく感じられた。まずはその規模。巨大な客船には、ありとあらゆるものがある。レストラン、カフェ、バー、カジノ、ゲームセンター、温水プール、専属のサーカスまである。美容院、エステ、ジム、ヨガ教室、英会話教室、病院、シアターなどなど。まんま小さな街になっている。

　そしてこの客船に乗っている人数を聞いて驚いた。なんと三千人！　そのうち五百人がスタッフ。てことは、五人の客をひとりのスタッフで支えているという計算になる。なんだか日本の年金の行末のようだ。五人のお年寄りをひとりの若者が支える、という計算になるらしいから……。

　食事は三食付いていて、バラエティに富んでいる。夕食会場となっているダイニングでは、夜ごとドレスコードが変わる。今日はカジュアル、明日はスマートカジュアル、週末はフォーマル、というように。がしかし、このドレスコードに対する各人のとらえ方がまちまちなのもご愛嬌《あいきょう》であった。たとえば、フォーマルディナーの日、ハネムーンで乗船している日本人新婚カップルは、夫はタキシード、妻は裾《すそ》を引きずるゴージャスなドレスで現れ、まんま披露宴をもう一度という感じなのに対して、中国人ファミリーは全員Tシャツ短パンビーチサンダルといういでたち。私とこぐまさんは、クルーズのフォーマルって言われてもどうしたらいいかわからず、会社の同僚の披露宴に出席するレベルの中途半端なワンピース姿。食事もだけど、乗客もバラエティに富みすぎていた。

そしてついに、問題の……じゃなくてお楽しみの天津に豪華客船が到着した。こぐまさんと私は、乗船当初に申し込んでおいた「韓国人向け天津バスツアー」に参加した。なぜ韓国人向けかというと、天津観光をしたいという希望を持っている人の大多数が韓国人だったからのようである。これはあくまでも概算なのだが、乗船客二千五百人中おそらく二千四百人は中国人であろうと思われた。そして八十五人が韓国人、残る十五人が我ら日本人である。ということで、中国人は天津観光に興味を示さず、日本人向けツアーをしても人数が集まらない。ゆえに韓国人向けツアー。納得である。

ガイドも含め四十名ほどの韓国人に交じってバスに乗り込み、最後部座席に陣取った私たちは、車中でたったふたりの日本人だった。ちなみにたったひとりの中国人はバスの運転手だった。

港から天津市内までは高速を使って一時間ほどで到着する（とガイドブックには書いてあった）。そしてすぐにランチタイム、その後二時間ほど観光タイムとなっていた。こぐまさんは限られた時間を有効に過ごそうと、ガイドブックと首っ引きで天津情報の収集にあたっている。が、正直、私は観光にほとんど興味がなかった。その代わりにたったひとつの目的を達成すべく燃えていた。それはもちろん、天津で天津丼を食べること。その夢の時間まであと六十分。天津丼に向かっていざ出陣！

ところが――出発直後、思いもよらぬアクシデントが発生した。

ごろごろ、ごろごろ……おお、雲行き怪しく轟《とどろ》くは雷鳴か？　否、轟いているのは……いるのは……ちょ……ちょっと何これ、お、お腹が……お腹が……。

なんと、あろうことかバスが高速に入ったそのとき、信じ難いほどの腹痛に襲われたのだ。さっきまでなんともなかったのに、なぜこんなタイミングで……。

ごろごろと始まった腹痛は、次第に増幅していった。ごろごろゴロゴロ、ごごごご、ゴゴゴゴゴゴーッ、といまにも雪崩《なだれ》が起きそう。全身から血の気が引いていくのがわかる。私は卒倒しそうになりながら、息も絶え絶えにこぐまさんに訴えた。

「こぐちゃん、どうしよう……お腹、お腹が……っつ、てて、テテテテ……」

こぐまさんは私の顔を見て、はわっ!?　となった。

「ちょっとマハさん、顔真っ青ですよ！　大丈夫ですか!?」

いや、ぜんっぜん大丈夫じゃない。非常事態発生である。気絶するのが先か、決壊するのが先か。どっちにしてもそんなことになったら大事だ。日中韓三国間の友情にヒビが入るやもしれぬ。いやいやだめだ。そんなことになっては断じてならぬ。ならぬならぬならぬ。ここはなんとしても止めなければ。ああでも、まじでまじでマジで、ほんとに限界ーッッッ!!

と、こぐまさんがやおら韓国人ガイドさんに向かって「このヒト腹イタい！　このヒト死ぬ！」的な緊急事態和製英語を発した。ただごとではないと判断したガイドさんが運転手に向かって中国語で何か言うと、突然バスが急停止した。ちょうど料金所に差しかかったタイミングで止まってくれたのだ。

「×××、××××！」ガイドさんが何か叫んでいる。どうやら「あっちいってこっちいってそっちのほうに洗手間（トイレ）がある！」的なことを言っているようだ。何がなんだかわからない、しかし私の中のハザードランプが猛烈に点滅し始めた。恐れるな、行け！　勇者よ、高速道路を横切って――！　と誰のセリフなんだかもうさっぱ

り見当がつかないが、とにかく私はバスを飛び出し、猛然と走った。中国の高速道路は半端ない広さで十レーン以上ある（ように思われた）。ものすごい勢いでトラックや車がびゅんびゅん行き交う中を、私は突進した。輝ける明日に向かって——じゃなくて、どこかにあるトイレに向かって。

そのあとのことはよく覚えていない。気がつくと私は、高速道路の料金所のスタッフの休憩施設のようなところからふらふらと出てきた。そしてびくびくしながらもう一度どうにか高速道路を横切り、バスに帰り着いた。乗客は全員、文句ひとつ言わずに待ってくれていた。っていうかたぶんどうしようもなかったんだと思う……。

そうして、命からがらたどり着いた天津のレストランに天津丼はなかった。天津丼が日本で考案された「日本独自の中華料理」だと知ったのは、その日の夕方、客船に戻ってインターネットで検索したときだった。

あの日から、天津と聞けば私の胸は切なさでいっぱいになり、ついでにお腹がごろごろしてくる。こうして天津は我が忘れじの街となったのである。

29　運命を変えた一枚の絵

二〇一六年、パブロ・ピカソの傑作にして世紀の問題作「ゲルニカ」を巡る物語『暗幕のゲルニカ』（新潮社刊）を上梓《じょうし》した。ひと言では言い表せないほどの思いと汗と涙と決意が詰め込まれた一作である。

ピカソといえば、一八八一年、スペインの地方都市マラガに生まれ、一九七三年、南仏で九十一歳の長寿をまっとうするまで、変幻自在に作風を変え、西洋美術史に絵画革命の灯火《とも》を点し、一石を――というか二石も三石も投じ続けた不世出のアーティストである。アートにまったく興味のない人でも、「なんだかよくわからない絵を描く画家」とか「名前だけは知っている」と、なんとなく認識させてしまうほどのインパクトを持っている。世界的認知度の高さはレオナルド・ダ・ヴィンチと双璧《そうへき》ではないかと私は思っている。そして、「ゲルニカ」と聞いてピンとこない人であっても、作品の図版を見れば「どこかで見たことがある」と思うのではないだろうか。

私は、実は十歳のときに「マイ・ファースト・ピカソ」を体験している。父に連れられて、倉敷《くらしき》にある名門美術館、大原《おおはら》美術館を初めて訪問した。当時、父は美術全集などのセールスマンをしていたのだが、岡山《おかやま》に単身赴任中であった。そして、夏休みに遊びにやってきた娘に「岡山にはすごい美術館があるんだぞ」と、まるで自分が美術館のオーナーであるかのように自慢げに教えてくれた。私が絵を描くのも見るのも大好きなことを、父はよく知っていたからだ。思えば、このとき父が気を利かせて私を大原美術館に連れていってくれなかったら……『暗幕のゲルニカ』は誕生しなかったかもしれない。いや、ほんとに。

大原美術館に足を一歩踏み入れて、私は大興奮した。シャヴァンヌ、エル・グレコ、モネ……すばらしい名画の数々が私を迎えてくれた。ちなみにアンリ・ルソーの小品もコレクションの中にあったはずなのだが、残念ながらこのときは完全にスルーしてしまった。

そして、少女の私は一枚の絵の前で足を止めた。その絵こそが、ピカソの作品「鳥籠」（一九二五年）であった。

作品をひと目見た瞬間の私の印象は「何これ!?」であった。タイトルを見る限り、どうやら鳥籠とその中に入っている鳥……を描いているようだが、私の目には「なんだかわからんへったくそな絵」としか映らなかった。それどころか、図画工作が得意な小学四年生の私は「あたしのほうがうまい」とまで思った。まったく子供というのは勝気な生き物である。世界のピカソを相手に「自分のほうがうまい」と完全に上から目線。のみならず、それからしばらくのあいだ、ピカソをライバル視していたのだから……ってそんな子供はそうそういないだろうけど。

それから十年ほど経過して、私は第二の「ピカソ体験」をすることになる。二十一歳の誕生日のこと、関西学院大学三年生だった私は、ちょうど京都市美術館で「ピカソ展」を開催していることを知り、「我が宿命のライバルの全容を知るチャンス」とばかりに、勇んで出かけていった。会場に入るまでは、ピカソは確かに私のライバルだった。が、会場を出てきたとき、ピカソは私の人生を導いてくれる「導師」になっていた。展覧会には、若きピカソが画家として大成することを志し、バルセロナからパリへと出向いたあと、青を基調とした一連の作品を描いた「青の時代」の作品も何点か展示されていたのだが、私はこれに完全にノックアウトされてしまった。私とさほど変わらない年齢で、これほどまでに哀調漂う深い心情の作品を描くとは……天才じゃないか！　とようやく気がついたのである。まったくもって気がつくのが遅すぎだったが。

その日から、私はピカソを追いかけ始めた。「ピカソ」が題名に含まれていれば、その展覧会がどこで開催されていようと観にいったし、ピカソ関連の書籍もできる限り読んだ。そして職場のデスクの目の前の壁には、雑誌に載っていた二十四歳のピカソのポートレート写真の切り抜きを貼っていた（後年、このポートレート写真のポストカードをみつけ、いまなお私の書斎のデスクの前の壁に貼ってある）。

学生時代から将来はなんらかのクリエイティブな仕事に就きたいと願っていた私は、

いつの日か自分のクリエイション——マンガか絵か小説か論文か展覧会か、それが何かはわからないものの——に、ピカソを取り込みたいという夢を抱いていた。小説を書こうとフォーカスを定めたのは四十歳を過ぎてからだったのだが、それもこれも「いつかピカソをなんとかしたい」と思い続けていたからだった。私の人生は、こうしてピカソに導かれて、いまに至る——というわけだ。

私の人生にピカソがいなかったら……と思うと、ちょっとこわいくらいだ。ピカソがいなかったら、ここまでアートに興味を持たなかっただろう。そして小説を書こうとも思わなかっただろう。つまり「フーテンのマハ」を本にすることもなかっただろう。などと考えれば考えるほど、ピカソの偉大さにひれ伏したくなってしまう。

そしてついに、真っ向ピカソに挑戦した小説『暗幕のゲルニカ』を書き上げた。大原美術館で「鳥籠」を見た少女時代からピカソを意識し始めて、ライバルから導師になり、憧れて追いかけ続けて、気がついたらなんと四十年以上が経っていた。われながらビックリである。ピカソの牽引力《けんいんりょく》と自分のしつこさ、その両方に。

◆

『暗幕のゲルニカ』を書き始めるにあたって、私は恒例・画家の原風景を旅する取材を敢行した。二〇一二年のことである。

ピカソの原風景は、もちろんスペインにある。なかでも、ピカソが生まれた街・マラガには、それまで行ったことがなかったので、ぜひ訪問してみたかった。天才画家を生み出し、育んだ風景とは、どんなふうだったのだろうか。

マラガはスペインの南部、アルボラン海に面した港町である。気候はからりとしていて、緑陰が濃い影を落としている。街角のカフェやバールは風通しよく開け放たれていて、人々はテーブルに群れて夜遅くまでお酒を飲み交わし、楽しげに談笑している。

ピカソの生家はラ・メルセ広場という公園の前に建っているアパートだった。特に高級アパートという感じではなく、ごく一般的な集合住宅である。ここの二階で天才は産声を上げた。

いまは街の観光名所になっていて、一階が博物館の入り口で、二階はピカソが暮らしていた当時の状態に復元されている。やはり別になんということのない室内で、どちらかというと質素な感じである。ピカソの父親は美術教師だったということだから、さほど裕福な家庭ではなかったのだろう。ちなみにピカソの父は、息子の尋常ならざる画才にいち早く気づき、「この子はいつか私をやすやすと超えていくだろう」と戦慄《せんりつ》したという。その結果、画家をやめてしまったとも……伝説には尾ひれ背びれが付きものだから真実かどうかはわからないものの、ピカソが年端もいかぬ子供の頃に描いた鳩《はと》の絵などを見ると、父の戦慄も理解できる気がする……ほんとうに「うますぎる」のだ。

そして私は、ピカソの生家よりも、むしろその目の前にある広場のほうに興味を持った。

明るい日差しがさんさんと降り注ぐ正方形の広場、その中心にある噴水の周りに子供たちが集まってはしゃいでいた。お年寄りがゆっくりとそのそばを通り過ぎ、鳩が群れて飛び交っていた。この鳩こそ、少年ピカソが日々親しんだ動物である。ピカソは鳩の姿を紙に写し取り、やがてそれを平和のシンボルに定めて、生涯にわたって数多くの作品に登場させた。

もしも少年ピカソの家の前にこの広場がなかったら。もしも鳩に親しむ日々がなかったら。あるいはピカソの天性は現れずに終わったのかもしれない。とすれば、私もまたピカソに出会うことはなく、小説を書くこともなかったかもしれない。

そう思えば、この広場に感謝したい気持ちになった。

午後の日差しが降り注ぐ中、子供たちに交じって、鳩を追いかけてみた。少年ピカソのまぼろしと一緒に。

30　沖縄の風に誘われて

インスピレーション。

と聞くと、皆さんは何を思い浮かべるだろうか。

たとえばそれは出会い。思わぬところで思わぬ人に出会い、これは何かのご縁かと思っていたら、結果的にその人と結婚してしまった……とか。この手のことは結構起こりがちなのではないだろうか。付き合うことになった相手、あるいは生涯の伴侶《はんりょ》となった相手と出会ったときに「ピンときた」「何かを感じた」ということが、皆さんにも一度くらいはあったのではないかと想像する。この「ピン」とか「何か」という感覚こそ、インスピレーションなのだ。

この名もなき感覚、けれど確たる感覚に導かれるようにして人は生きているのではないか……と最近私は思っている。いや、少なくとも私自身はそうなのである。ひょっとすると、自分の人生のあらゆることがインスピレーションの赴くままに決まっているのではないかと思うくらいである。たとえば、ランチタイムに「今日はパスタ気分！」とひらめくのだって、立派なインスピレーションではないか。

私の場合、インスピレーションは、旅するときにやってくる。

私の旅は、九割がた「インスピレーション」に導かれて決定されると言ってもいい。逆に、インスピレーションのない旅は、私にとって真の旅とは呼べない。

そもそも、本欄のタイトルをあらためて見ていただきたい。「フーテンのマハ」である。「フーテン」とはすなわち（あくまでも自己解釈ながら）、風の吹くまま気の向くまま出かける旅人のことを指す。誰かとがっつりミーティングしたり、ゴルフ接待したりするのは、フーテン旅には無縁なのである。

しかるに、私の中では「フーテン旅＝インスピレーション・トリップ」なのである。横文字にすると急におしゃれな感じにはなるが、とにかくフーテン旅とインスピレーション・トリップは同義語なのである。誰がなんと言おうと、独断と偏見で、そういうことなのである。

◆

四十代前半の頃にさかのぼるが、究極のインスピレーション・トリップを体験した。この旅が、私の人生を決定づけたと言っても過言ではない。もしもこの旅がなかったら、私は小説家になるチャンスを逸していたかも……と思うくらいである。

その頃私は、森美術館設立準備室を退職後、インディペンデント・キュレーター（フリーランスの展覧会の企画者）をしつつ、「カルチャーライター」と称してアートや建築やデザインなど、文化全般について幅広くカバーするライター業をしていた。雑誌のアート欄や展覧会紹介ページなどをちょこまかと書かせてもらっていたのだが、なんとなく「小説のようなものを一度書いてみようか」と考えていた。アートと旅が大好きだったから、アートにまつわる小説をいずれ書いてみたいと思っていたし、アートがらみの物語は先々にとっておくとして、旅にまつわる小説などもおもしろそうだな……と、あれこれ妄想してはひとりでにやけていた。小説めいたものなんて一文字も書いていないくせに、小説を書く気持ちだけは、どこからともなく湧き上がるのを感じていた。

あるとき、ライターの仕事として、ある出版社から「沖縄在住のとある女性起業家に会いにいってみないか」と持ちかけられた。なんでも、その人はもともとごく普通のOLだったのだが、お酒がめっぽう好きで、起業して沖縄産ラム酒の製造販売会社の社長になったという。彼女の名前は金城《きんじょう》祐子《ゆうこ》さん。のちに私は彼女をモデルにしたOL起業奮闘物語『風のマジム』を書くことになるが、このときにはそんなことはこれっぽっちも想像しなかった。ただ、そのとき、どういうわけだかどうしても沖縄方面に行かなければならない気がした。

出版社からは「金城さんを取材してほしいのだが、取材費は出ないので、自腹で行ってきてほしい」と無体な要望を突きつけられたにもかかわらず、私は沖縄行きを決意した。フリーランスの身の上で沖縄出張の経費を被るのは、正直キツかった。が、それでもなんでも行かねばならぬ。フーテンの本能が「行け」と囁き続けているのだから。

かくして私は沖縄に向かった。これが運命の旅となったのだ。

金城さんに会うのは那覇到着の翌日で、一泊二日で帰ろうと思えば帰ることができる。経費を節約するのならそうするべきである。が、私はむしろ「五泊六日あてのない旅」のほうに舵《かじ》を切った。当時の私のお財布事情を考えるととんでもない無茶ぶりだと、いま思い出しても冷や汗が出る。レンタカーを借りて自分ひとりで運転して、とにかく行けるところまで行ってみよう、と決心したのだ。

金城さんは想像通りの元気女子で、彼女の起業譚もすこぶる面白く、「これは小説にしたら面白くなるだろうなあ……」と考えながらインタビューした。そして最後に、こう質問してみた。

「あてのないひとり旅をしようと思っているんですけど、沖縄のどっちのほうへ行ったらいいでしょうか？」

沖縄はそのときが二回目（最初は友人たちに連れられて出かけた）だったので、ほとんど知識もなく、右も左もわからなかった。「あてのない旅」と聞いて、金城さんは「だったら、やんばるのほうへ行ってみたらいいんじゃないかなー。すっごくきれいなところですよ」と教えてくれた。やんばるというのは沖縄本島の北部で、海もあるのだが深い森もある場所のようである。ガイドブックをめくってみて（そのころはスマホで検索……なんて便利なことはできなかった）、ちょっと雰囲気のよさそうな民宿をみつけたので、とりあえず電話をして部屋を確保。そこを目指して車を走らせた。レンタカーにはかなり原始的なナビが搭載されていたような記憶があるが、迷ったり寄り道したりして、目的地に到着するまで六、七時間くらいかかったように思う。だんだん暗くなっていく森の中の道を走るのは、なんとも心細かったことをはっきりと覚えている。が、それでもなんでもやんばるに行かねばなるまいと、やはり強い磁石に引き寄せられるようにして、ようやく森の中の一軒宿にたどりついた。

宿ではお酒がめっぽう強いご主人と、気立てのいい女将さんという、絵に描いたような「理想の民宿経営者夫婦」が私を迎えてくれた。その日の宿泊客は私のみ。「一緒に飲もう」とご主人に誘われ、近所の漁師のおじさんたちも合流して、皆で三線をかき鳴らし、飲めや歌えの

大宴会に。私はこの酔っ払いの親父たちの磁力に引き付けられてここまで来たのだろうか……と、楽しみつつも苦笑い。

と、宿の女将さんが「明日はどこ行くの?」と訊いてきた。行き先を決めていない、と答えると、「だったら、伊是名島に行ってみたら?」と言う。やんばるから車で一時間くらいのところにある運天港《うんてんこう》から、フェリーで小一時間で行ける離島なんだそうだ。ぜひ行ってみなさいよ、と熱心に勧められた。

「何があるんですか?」と尋ねると「さあ、何があるのかね?」と女将さん。実は行ったことがないんだそうだ。あんなに熱心にプッシュしたくせにどういうことなんだ、と思ったが、そんなテキトーさもご愛嬌に思えるのが沖縄のすばらしいところではある。

そのとき、宴席に加わっていた漁師のカツオさん(前出)が、「伊是名だったら知り合いがダイビングショップをやってるさ」と言って、すぐにその場で電話をしてくれた。

「あーもしもし、うん、おれだけどさ……東京から来たお姉さんと飲んでるのよ。うん、それでね、その人が明日あんたんとこ行きたいってさ。よろしく頼むよ、じゃ」

と、一方的にしゃべって通話を終了した。って私まだ行くって決めてないんですけど!? しかも名前も教えてないのに……。

というわけで、風の吹くまま気の向くまま、女将さんとカツオさんのお膳立てのままに、伊是名島に行くことになった私。運命の出会いがその島で待っていようとは、そのときはまだ知らずにいた。

31 カフーは突然に

さて、風の吹くまま気の向くまま、沖縄へ出かけ、民宿の女将さんの推薦で、唐突に伊是名島へと旅を続けることになった私。

離島なんて行ったことないし、いったい何があるのかもわからない。そもそも伊是名島ってどこにあるんだろう？　とガイドブックをめくってチェックしてみた。そのとき持参していたガイドブックで伊是名島に割かれていたのはたったの一ページ。琉球王国の国王・尚円王《しょうえんおう》の出身地であり、伊是名城跡があるという。ほかには美しい伊是名ビーチがある。……うむ、観光スポットは確かに多くはないが、フーテン的にはむしろ好ましい。私はガイドブックに載っているような万人受けする観光スポットにはちっとも興味ないのだ。だからきっとこの島はフーテン向きの島なのだ！　と納得し、運天港からレンタカーごとフェリーに乗る。

冴え冴えとした秋の海を見渡しながら、小一時間ほどすると、伊是名島が近づいてきた。私はデッキに佇んで、わくわくと明るい予感が胸のうちに立ち上ってくるのを感じていた。なんにもないかもしれないけれど、この島にはきっと何かがある。なんの根拠もなかったが、不思議にそう思った。

フェリーが港に入っていく。と、そのとき、港のいちばん目立つところに掲げてある横断幕が視界に飛び込んできた。「ようこそ、ハブのいない、伊是名島へ」。……おお！　なんという新鮮なキャッチフレーズ！　沖縄においては、ハブがいないことは誇れることのようだ。確かに、ハブがいない＝安心して観光できる、ということになる。これはきっと、沖縄を旅する者にとって大いなる福音なのだ！　と、のっけから祝福された気分になる。

車に乗り込んで、いざ、あてのない二泊三日の旅の始まりである。とはいえ、いちおう宿泊先は前日に予約済みだった。ガイドブックに載っていた昔ながらの赤い屋根の民宿。いくらハブがいないとはいえ、さすがに野宿はムリだし。

宿は港のすぐ近くにあった。まずはチェックイン。沖縄らしい平屋建てで、門柱と屋根の上にはシーサーが載っている。庭に面して仏間があり、すべての戸（雨戸）が全開になって中が丸見え。「こんにちはー」と声をかけてみたが、誰も出てこない。留守なんだろうか。いや、そんなはずはない。だって、家全開じゃないか。ドロボー入り放題じゃないか。

しばらく待ってみたが、返事もなければ誰も現れない。これじゃドロボーもかえって入る気失せるだろう。仕方なく、荷物を車に積んだまま、島内探訪をしてみることにする。

走り始めてすぐに、小高い丘の上に要塞《ようさい》のようなものが見えてくる。これが伊是名城跡か。すごいパワースポットである感じがびしびし伝わってくる。島には三日間滞在するのだから、あらためてゆっくり訪れることにしよう。

と、あっさり観光スポットを通りすぎて向かった先は伊是名ビーチであった。なぜかといえば、このビーチには、唯一、私が「なんとなく書こう」と考えている小説のために取材できそうな人物がいるから。前日の夜に泊まったやんばるの民宿で、カツオさんが、「伊是名に行くなら知り合いのダイビングショップに連絡をしておく」と、まだ行くかどうかも決めないうちに即電してくれたのであった。そしてカツオさんはダイビングショップのオーナーに私の名前を言わず、私もまたカツオさんにその人の名前を聞いていなかった。「おれの紹介だって言えばなんくるないさー」とカツオさんは言っていた。そういうものなんだそうだ。

民宿同様、「こんにちはー」と訪ねてみたが、やはり返事がない。しかしこっちはしっかり入り口に鍵がかかっていた。「鍵のない島・伊是名」だったらどうしようと思ったが、さすがにそれはないようだ。むしろ安心して、しばらくビーチを散策してみることにした。

ちょうど太陽が西に傾く時間帯だった。すでに十一月だったが、日中は夏の気配があり、十分に太陽が照りつけて、けっこう暑い。けれど夕方の浜辺は潮風が涼しくて気持ちがいい。水平線に向かって、ゆっくりと夕日が落ちていく。きらめく海に向かって思わず深呼吸をした。――と、そのとき。

私の視界に飛び込んできたのは、一匹の黒い犬だった。遠目に見てもラブラドールレトリーバーであることはすぐにわかった。

私は犬が大好きで、その頃、我が家には愛犬のゴールデンレトリーバー、マチェックがいた。旅先で散歩中の大型犬に遭遇すると、我が家の愛娘・マチェックのことを思い出して「もうすぐ帰るからね～」と、心の中で声をかけたものだ。が、沖縄では、ついぞ大型犬に会ったことはなかった。ヤンバルクイナはいても大型犬はいない、それが沖縄なのかもしれない――と思っていた矢先に、伊是名でまさかのラブラドールとの遭遇。「大型犬のいない島・伊是名」じゃなかった。うれしくなって、私は、もっとよく見ようと近づいていった。

ラブラドールは、飼い主らしき男性と一緒に遊んでいた。男性は、サンゴの大きなかけらを海に向かって投げる。すると、ラブラドールはすぐさまそれを追いかけて飛び込んでいく。ザブッと潜って、海面に現れる。その口にはしっかりとサンゴがくわえられている。波打ち際まで泳いできて、男性にサンゴを渡す。彼はまたサンゴを海に投げる。犬が飛び込む。潜る。くわえて帰ってくる。また投げる――という遊びを、延々と続けていた。

ラブラドールという犬は、もともと猟犬で、水辺で打ち落とされた水鳥を泳いで回収してくる「お仕事犬」として重宝されたらしい。あの犬は、まさにそれを忠実にやっている。回収してくるのは水鳥ではなくサンゴではあるが、私は、これほどまでにラブラドール本来の特性を体現している様子を見たことがなかったので、しばし見惚《みと》れてしまった。

そのうちに、どうしても声をかけてみたい衝動を抑えきれない気持ちになった。男性は、一見すると四十代後半くらい。平日のこんな時間に延々と犬と遊んでいるとは、もしや尚円王の末裔《まつえい》、やんごとなき人であろうか？　と無茶な想像をしつつ、「危険人物ではありません」的笑顔を作って、私は彼と犬に近づいていった。

「こんにちはー」と声をかけると、日焼けした顔が振り向き、「こんにちは」と笑顔で返ってきた。ほっとした私は、いきなり好奇心全開で語りかけた。

「さっきから見てたんですけど、すごいですね。サンゴをちゃんと持って帰ってきて……おりこうなわんちゃんですね」

男性は、うちなーんちゅ（地元の人）らしい彫りの深い顔をうれしそうにくしゃくしゃとさせて、

「そうなんですよ。自分が投げたサンゴを、必ず海の中でみつけてくわえてくるんです。どうやってみつけるのかね。水の中でも鼻がきくのか、わからないけど」

と笑う。私は愉快な気分になって、

「わんちゃん、なんていう名前なんですか?」

何気なく訊いてみた。すると、

「『カフー』っていうんです」

と言う。

カフー……? 聞いたことのない言葉、けれどとてつもなく耳に心地のいい名前だ。

「どういう意味ですか?」

続けて訊くと、こんな答えが返ってきた。

「沖縄の言葉で『幸せ』とか『よいしらせ』という意味です」

カフー。幸せ。よいしらせ。

その瞬間、何かがストーンと降りてきた。なんだったのだろう、何かとても「いいこと」が舞い降りてきたような。ただ、犬の名前を聞いただけだ。それなのに、私は直感した。

沖縄の離島、夕日の浜辺で、「幸せ」という名の犬に出会った。――なんという巡り合わせだろう!

私は、このことを物語にしようと決めた。忘れられない瞬間だった。

伊是名島の滞在中、私はカフーの飼い主、名嘉民雄《たみお》さんに取材をした。名嘉さんは尚円王の末裔ではなく、ふるさとの島でカフーと暮らしながら農業を営んでいた。島の伝説や思い出について、さまざまな話を聞くことができた。そして私は、カフーの散歩まで させてもらったのだった。

二泊三日の伊是名滞在からの帰り道、沖縄自動車道を走りながら、小説のプロットがどんどんどんどん湧き出てきた。驚くべきインスピレーションと喜びでいっぱいになって、私は沖縄を後にした。一生涯、忘れられない旅となった。

カフーとの出会いが、その後、私に何をもたらしたかは……ご存じの通りである。

32　フーテン旅よ、永遠に

それにしても、いつもいつも旅をしている。

この原稿を書いているのも、パリから東京へ戻る機中である。移動しながら、はたまた移動先で原稿を書く。そんな仕事のスタイルがすっかり板についてしまった。

気がつけば作家になって十年以上が経った。いまでは、私の担当編集者の皆さんは、私がいつも旅をしていることをよくご存じで、世界のどこから原稿を送ろうとも驚くこともなくなったが、デビュー間もない頃は「私はいつもふらふらしていまして……『フーテンのマハ』なんです」と言い訳をしていたことをなつかしく思い出す。いまや「フーテンのマハ」という呼称もすっかり定着したようだ。

そもそも、私を「フーテン」と呼んだ最初の人物。それは私の父だった。

「お前はいつも飛び回ってるなあ。『フーテンの寅さん』みたいだ」

作家になるまえからしょっちゅう出張や旅行に出かけていた私を見て、半ば呆《あき》れ、また半ば頼もしそうに父がそう言った。「フーテンの寅さん」とは、もちろん、映画『男はつらいよ』シリーズの主人公、渥美清《あつみきよし》演じる車寅次郎、人呼んで「フーテンの寅」のことである。

山田洋次《やまだようじ》監督『男はつらいよ』シリーズ第一作目が映画館で上映され、大人気を博したのは、昭和四十四年のことである。私は、「寅さん」がスクリーンに登場した記念すべき第一作目を映画館で観た。というか観せられた。小学二年生のときである。そしてすっかり魅せられてしまった。風のようにやってきて、また風のように去っていく寅さん。あまりにも感動して、映画館の売店で寅さんのポスターを買ってもらった。そしてそれを子供部屋に貼っていた。アイドルやアニメのポスターでなく、寅さんのポスターを自室に飾る小学二年生。あまりにもシブすぎる趣味の子供であった。

「フーテンの寅さん」を私に観せ、ポスターを買ってくれたのは、父であった。「好きなところへどんどん出て行って、好きなように生きろ」と教えてくれたのも、父であった。つまり、父こそが私にフーテンの種を植えつけた張本人だったのだ。

父もまた、生まれついてのフーテンだった。戦前、満州《まんしゅう》に生まれ、戦後は本のセールスマンとなって日本全国を旅して回った。私が「どこそこに行ってきたよ」とおみやげを手渡すと「ああ、あの町か。なつかしいなあ。セールスで行ったことがある」と、思い出話が返ってきたものだ。よくもまあそんなところに行ったものだ、と感心するほど、地方の小さな町も訪ねていた。

その父が、とうとう、永遠の旅路についた。

享年九十、穏やかな最期だった——と聞かされた。そのとき、フーテンの私は、やはり旅先にいたのだった。

◆

振り返ってみると、自分の人生において大事なことの多くは、父に与えられ、教えられた気がする。

私がアートに親しむようになったきっかけを作ってくれたのは父だった。

私が幼い頃、父は美術全集のセールスマンをしていた。昭和四十年代のことである。いまのように、パソコンでポチッとすれば数日内に欲しいものが届けられる、などというのは夢かSFの世界の話であった。父は全集の見本を持って全国を飛び回り、学校や家庭を訪問して「お子さんの情操教育にいかがですか」と先生やお母さんたちを口説いて回っていた。

全集の代理店をしていた我が家には在庫が山と積まれていた。世界の名画のカラー図版が載った美術本は、私のよき遊び相手になってくれた。私は自然と絵を描くようになり、気に入った絵があれば、それをチラシの裏に描き写したりした。私が生まれて初めて「この絵はすごい」と感動したのは、レオナルド・ダ・ヴィンチの「モナ・リザ」であった。必死に「モナ・リザ」をチラシの裏に模写したのは（出来栄えはへのへのもへじだったが）確か三、四歳の頃のことである。

そんな私を見ていた父は「この子は絵に興味があるのだな」と理解したのだろう、ときおり私を美術館やデパートで催される展覧会へ連れていってくれた。画集ばかりではなく、本物のアートに触れる機会を与えてくれたことは、決定的だった。アートはその後、私の「人生の友」となったのだから。

私が小学四年生のとき、父の単身赴任先の岡山へ母と兄とともに出かけていった。父は私に「岡山にはすごい美術館があるぞ。絶対にお前は気に入るはずだ」と言って（そんなふうに期待を高める前口上をするのもお手のものだった）、ある美術館に連れていってくれた。それが大原美術館だった。日本を代表する私設美術館であり、数多くの傑作がコレクションに収められている。父の予言通り、私はすっかりこの美術館に夢中になった。前述したが、中でも衝撃を受けたのが、パブロ・ピカソ作「鳥籠」。この作品の前で私は身動きできなくなった。ショックだったのである。「こんな下手くそな絵が美術館に展示されてるなんて……！」と。そして「私のほうがうまい」とまで思い、その後、ピカソをライバル視して猛然と絵を描くようになった。っていい加減にしろ私、と自己ツッコミしたくもなるが、父はまたそんな私を注意深く観察し「この子はピカソに興味があるのだな」と理解したのだろう。ある朝、父は自室でまだ寝ていた私の枕元に立って「おい、起きろ」と声をかけた。そして、寝ぼけまなこの私に向かって、やおら「ピカソが死んだぞ」と告げた。私は飛び起きて、茶の間のテレビの前にすっ飛んでいった。朝のニュース番組で「ピカソ死去」と報じられているのを見て、愕然とした。

ピカソが死んでしまった……これから誰と闘えばいいんだ？　とさながら力石亡きあとのジョーのようになってしまった（参照：『あしたのジョー』）。ピカソとの出会いと別れの瞬間に父が一緒にいたことは、私にとって意義深いことだったと思う。

人生における愉しみや、大人の時間を分けてくれたのも父だった。

父は大変な読書家だった。柴田錬三郎《しばたれんざぶろう》から『ゴルゴ13』まで、なんでも読んだ。あえてそうしていたのだといまならわかるのだが、官能小説も掲載されている文芸誌を買って、子供の目につくところに放置していた。私は、父のいないあいだにこっそりと官能小説を盗み読んだ。イケナイことだと自分を責めつつも、どきどきしながら大人の世界を学んだのだ。

また、父は映画も大好きで、兄と私をしょっちゅう映画館に連れていってくれた。父と一緒に観た映画で忘れられないのは、小学校六年生のときに観た『砂の器』である。ラスト近く、虐げられた親子がさまよう回想シーンで私は号泣した。ふと気づくと、隣の父も男泣きに泣いていた。四十代の父と小学生の娘、ふたり並んで号泣。いま思い出しても、笑いと涙が同時に込み上げてくる。

そして、旅。

父はいつも、「じゃあ、いってきます！」と出かけていった。そのまま、何か月も帰らないこともあった。家計はいつも苦しかったし、母は寂しく不安な思いをしていたことだろう。考えてみると、一家の主人としてはかなり無責任な気もする。

勝手気ままで、自由奔放な父。それでも私たち家族は、なぜだか父を憎めなかった。いつも帰ってくるのを待っていた。帰ってくれば、父は土産話をあれこれしてくれた。そして私に教えてくれた。

この世界は旅するに値する。好きなところへ行って、好きなことをすればいい。おれはお前に何もしてやれないけれど、自由にすればいいんだ——と。

◆

フーテンの父が、とうとう本格的に旅立ってしまった。

父から私への最後の言葉は、「いってらっしゃい」。これから海外へと旅立つ私に向かって、ベッドの中からそう声をかけた。すでに寝たきりになってしまっていた父は、もうほとんど話せなくなっていたのだが、絞り出すような声で言ってくれたのだった。

今度は長い旅になる。ひょっとすると、父と会うのはこれが最後かもしれない、とのおそれが私の中にあった。けれど、「いってらっしゃい」のひとことが、私の背中を押してくれた。

私は、父の訃報を旅先で受けた。父の最期に間に合わなかったわけだが、不思議に悔いはなかった。なぜなら、私は父に背中を押されて旅に出たのだ。人生という名の長い長い旅に。

父が荼毘《だび》に付されるとき、私は心の中でつぶやいた。いってらっしゃい、と。それ以外に、どんな言葉も思いつかなかった。

父の位牌《いはい》を母が抱き、遺骨を兄が抱いて、家へと帰る車に乗り込んだ。父の遺影を胸に抱いた私が、後部座席のドアを開けたとき、どこからともなくとんぼが飛んできた。

私は、あれっと思って手を差し出した。するととんぼは、私の指先にとまった。そのまじっとしている。私はしばらくとんぼをみつめて、空高く放った。

いってらっしゃい。

そのひとことに今日もまた背中を押されて、旅に出る。明日も、あさっても、これからもずっと、人生という名の旅は続く。

じゃあ、いってきます！

初出
「フーテンのマハ」
「小説すばる」二〇〇九年十月号～二〇一〇年十二月号
「帰ってきたフーテンのマハ」
「小説すばる」二〇一五年六月号～二〇一六年十二月号

本書は、「小説すばる」に連載されたものを加筆・修正したオリジナル文庫です。

原田マハの本

旅屋おかえり

売れないアラサータレント〝おかえり〟こと丘えりか。ひょんなきっかけで始めた「旅代理業」は依頼人や出会った人々を笑顔に変えていく。『楽園のカンヴァス』の著者が贈る感動の物語。

原田マハの本

ジヴェルニーの食卓

モネ、マティス、ドガ、セザンヌ。19世紀から20世紀にかけて活躍した美の巨匠たちは何と闘い、何を夢見たのか。彼らとともに生きた女性たちの視点から色鮮やかに描き出す短編集。

集英社文庫

集英社文庫　目録（日本文学）

集英社文庫　目録（日本文学）

集英社文庫　目録（日本文学）

集英社文庫

フーテンのマハ

2018年5月25日　第1刷
2018年6月6日　第2刷

定価はカバーに表示してあります。

著　者　原田《はらだ》マハ

発行者　村田登志江

発行所　株式会社　集英社
東京都千代田区一ツ橋2-5-10　〒101-8050
電話　【編集部】03-3230-6095
【読者係】03-3230-6080
【販売部】03-3230-6393（書店専用）

印　刷　凸版印刷株式会社

製　本　凸版印刷株式会社

フォーマットデザイン　アリヤマデザインストア　　マークデザイン　居山浩二

ISBN978-4-08-745740-7 C0195